刘半农侦探小说集

刘半农 著 ※ 华斯比 整理

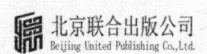

北京联合出版公司

图书在版编目（CIP）数据

刘半农侦探小说集 / 刘半农著；华斯比整理. — 北京：北京联合出版公司，2021.5（2021.11 重印）
ISBN 978-7-5596-5198-3

Ⅰ．①刘… Ⅱ．①刘… ②华… Ⅲ．①短篇小说－小说集－中国－当代 Ⅳ．① I247.7

中国版本图书馆 CIP 数据核字（2021）第 060687 号

刘半农侦探小说集

作　　者：刘半农
整　　理：华斯比
出 品 人：赵红仕
选题策划：上海牧神文化传媒有限公司
责任编辑：徐　樟
特约编辑：华斯比
美术编辑：周伟伟

北京联合出版公司出版
（北京市西城区德外大街 83 号楼 9 层　100088）
北京联合天畅文化传播公司发行
上海盛通时代印刷有限公司印刷　新华书店经销
字数 130 千字　889 毫米 ×1194 毫米　1/32　6.75 印张
2021 年 5 月第 1 版　2021 年 11 月第 2 次印刷
ISBN 978-7-5596-5198-3
定价：68.00 元

版权所有，侵权必究
未经许可，不得以任何方式复制或抄袭本书部分或全部内容
本书若有质量问题，请与本公司图书销售中心联系调换。
电话：010-65868687 010-64258472-800

整理说明

为最大程度保留晚清民国时期侦探小说的文体风貌,同时尊重作家本人的写作风格及行文习惯,"中国近现代侦探小说拾遗"丛书对所收录作品的句式以及字词用法基本保持原貌,所做处理仅限以下方面:

一、将原文竖排繁体字改为横排简体字;

二、将原文中断句所使用的圈点改为现代标点符号;

三、校正明显误排的文字,包括删衍字、补漏字、改错字等;

四、原作为分期连载作品的,人名、称谓等前后不统一处,已做调整,使之一致;

五、为符合现代汉语规范并顺应当下读者的阅读习惯,已对个别晚清民国时期用字用词进行了调整,现举例如下:

1. "那末"改为"那么";

2. 程度副词"很"和"狠"混用时,统一为"很";

3. "账房"和"帐房"混用时,统一为"账房";

4. "转湾""拐湾""湾曲"等词中的"湾"字,均统一改为"弯";

5.用作疑问词的"那"统一改为"哪";

6.用在句末的助词"罢"统一改为"吧";

7.用作第三人称指代"女性"或"人以外的事物"的"他",统一改为"她"或"它"。

由于编者水平有限,其中难免有错漏之处,祈请读者批评指正!

目录
CONTENTS

假　发	001
匕　首	028
淡　娥	069
福尔摩斯大失败	128
第一案　先生休矣	130
第二案　赤条条之大侦探	135
第三案　试问君于意云何……到底是不如归去	142
第四案	149
第五案	173

附录

《福尔摩斯侦探案全集》跋	189
刘半农侦探小说初刊一览	197
编后记	198

假　发

去年春季，我从清江营里辞职回来，有一个朋友请我到上海某新剧社充当编辑，更请我的兄弟教授西乐。①当时我以为研究新剧，倒是通俗教育的事业、改良社会的捷径，便一口应允了。

哪知我走了进去，却大大不对头寸②。那社里头除了几个办事人之外，九流三教，无所不有，实在是个极芜杂的社会。初与他们相处，彼此便觉得扞格③。长久下来，却习惯成了自然。虽然不与他们同化，却也没有什么稀罕了。

春去秋来，时光迅速。不知不觉，我已在那社里混了一年。这一

---

① 根据《刘半农大事年表》（刘小蕙《父亲刘半农》附录二，上海人民出版社，2000年9月）记载：1911年10月，武昌起义爆发后，刘半农不顾家人的反对，投身革命，到苏北清江从军，担任文牍翻译。1912年2月，清帝溥仪宣布退位后不久，因对军队内部混乱情况不满，刘半农离开清江，返回江阴。2至3月间，又与弟刘天华同往上海，应友人之邀在新剧团体开明剧社担任编剧，刘天华则教授西乐。
② 头寸：方言。指实际情况。
③ 扞格：互相抵触。比喻性情不相投。

年中间，我却长得许多见识，将那下流社会的心理习惯，以及他们的交际，统通详细研求，做了我日记的材料。这都不在话下。

单说某天的下午，我坐在房间里写信，我兄弟却走进来与我闲话。

这房间很是宽大，前面半间，铺两张床，一张是我睡的，一张是社员唐某睡的。靠窗放一个桌子，就是我读书写字的座位。后面半间，储藏了许多社中公用的衣装，共有十多箱，估算起来，也很值几千块钱。这些行头，都是唐某经管的，所以他住在这里看守。

我因为这房间比别处安静，也就在里面下榻。因为这屋子，平时没有杂人进来，虽有许多衣装放在里面，却始终没有遗失一样东西，所以大家就不免大意。有时房门未锁，人已走出去了，竟有连衣箱都不锁的时候。

我们谈了一会，见没有什么要紧话说，我仍旧写信，我兄弟便走到后房去了。

忽然听他喊道："呵哟，这假发哪里去了？"说着便捧了一个极精致的盒子，走了出来。

我认得这纸盒，是装假发的，四面都贴了美人跳舞的图画，委实好看。社员见了它，都是爱不释手，进这房子的人，都要拿在手里把玩。这假发，是花了五十元的重价，托人到法国买来的，制作十分精巧，不论男女，戴在头上，那一丝丝的金黄头发，竟与真的一般，所以是演剧化装的紧要东西。

当时我兄弟揭开纸盒的盖,对我道:"谁借去的?怎么这纸盒空了?"

我听了这话,随口说道:"你去问问吧,大概总有人借的。"说了,他就拿了空纸盒出去向大家问,我还是定心地写信。

不多一刻,社员统通来了,排头数去,足有二三十个,都说:"假发丢了!"七张八嘴,议论了一会,把房里的东西,样样翻到,就差没有拆屋,那假发却无影无踪。闹了一阵,一个个垂头丧气走出去了。

只见他们在外面交头接耳,唧唧哝哝,想来是说假发的事。我也没心去同他们在一块儿捣乱,还是写我的信。

没有多时信已写完,听得壁上的自鸣钟"当当"打了两下,我觉得有些疲倦,就和衣睡在床上。

刚是迷迷蒙的时候,我兄弟走进房来,推醒我道:"哥,你还在这儿安睡么?"

我道:"横竖没有事,不睡做甚?"

弟道:"现在全社的人,都说那头套是我们兄弟偷的。你想这个贼名担当得起么?"

我道:"岂有此理?别要去管他们!"

弟道:"不行!他们说得证据确凿。名誉要紧,你别糊涂了!总得要想法查究才好！"

我道："说的什么证据？"

弟道："他们众口同声，说有七条证据。就是：

"一、这间屋子，杂人是不得进的，听差①也不常来的。所以偷假发的人，一定是社员。

"二、这间屋子，是你住的，别人来偷，你岂有不知之理？这一定是你自己偷的！

"三、天天晚上，社员都聚在客堂里说笑话、讲故事，你总不去听的。偏偏昨天晚上，你也来听了。可疑！

"四、我两个礼拜没有出门了，偏偏今天早晨出去修表。大家都说那时是我把假发带出去的时候。

"五、假发的纸盒，好久没有人去动了。偏偏我今天去开看，而又发现了这桩窃案。大家都说我是有意开看，要借此掩饰。

"六、当这事发现的时候，大家都十分惊异。你却定心写信，如无其事，也不来帮同搜查。可疑！

"七、你我近来正处窘乡，全社都知道的。我们的家，又不在上海，并且偷家去也是没用，所以一定是卖与别个剧社的。而这个假发，

---

① 听差：仆役的通称。

未必一时卖得了，必定预先约明了，才能卖去。可巧你向来不出门的，前天晚上，你却又同了朋友出去看戏。因此大家都说那时是你出去招徕主顾的时候。"

弟又道："你我二人在社里的信用，本来很好。因有这七条理论，大家也就有点疑惑，都说弟兄勾通做贼！虽然不敢直说，却是句句暗射我们。如果不剖白清楚，从此声名扫地。如今世界，要想做直不疑，可就大迂了。"

我道："好好，你出去，我自有主意。"

我兄弟去后，接着唐君进来说道："昨天晚上，我整理衣装，假发还好好的在纸盒里，怎么今天没有了？现在社长要我赔。我哪有这许多钱？"说着，气愤愤地似乎要与我为难，又未便①似的，说道："你想想法儿看。"

我道："且不要闹，我自有破案的法子。请吧！不要搅我的心思！"说着，就把他推出门去。

他却一语不发，显出很不自在的样子去了。

我想了一刻，胸中已有些成竹，就叫我兄弟来，问道："你身间还

---

① 未便：不宜，有所不便。

有钱么？我可一文都没有了。"

弟道："只有一元了。够使用么？"

我道："不够不够，一定要想法子。如今也顾不了东西了。"说着，就在手上脱下一个戒指，又道："你的表呢？把这两样东西去当吧！"

兄弟似乎有些难色，我说："赶快去，事不宜迟！我自有用处。"

我兄弟没法，只得去当。

我又叮嘱道："自己去，不要叫听差去，并且要当得秘密，不可被第三个人知道。"

我兄弟就照法去办，不一刻，当了十五元来。

我道："好了！"便自己取了八元，把七元给兄弟，附着耳朵说了一会，去了。

我整顿好了衣服，就锁了房门，下楼。经过客堂，客堂里正有十多个社员坐着，唠唠嘈嘈，还是议论假发的事，看见了我走过，都一个个停了口不说，把二十多只眼睛，不住地向我身上瞧，各人的面孔，都十分尴尬。

我同他们点头，他们也勉强把头动了一动，好像那头有三五十斤重的样子。平时同我说惯笑话的人，如今也板着脸。推他们的心理，简直没一个不把我当作贼，只是一个"贼"字，不便说出口罢了。

我出得大门，对面来了三四个社员，一路慢拖拖地闲逛，我就问道："你们哪儿来？"

一个姓童的道："城隍庙'得意楼'喝茶来。"

这姓童的，是做音乐师，北京人，性质十分和气，身体极胖，大家都叫他"弥陀佛"。也有人叫他"壁虱"①，也有人叫他"啤酒瓶"，这都是象形上的笑话。因为这姓童的喜欢喝茶喝酒，而又肯破钞②，所以一般口馋的社员，每当没事的时候，便要拉他出去逛逛，怂恿他上酒楼喝酒，吃下三元五元。对不起，多是童老先生会钞③。这也是社中常事，不必细表。

且说今天假发案发现之前五六分钟，有一个姓方的社员，又约这位童先生到城里去吃茶。童先生允许了他，方某又去约了两三个人同去。等到假发案发现，他们多已准备出门，所以当时大家搜查胡闹，他们不过到房间里来瞧了一瞧，就匆匆地出去。

方某更是要紧，童某要耽搁一下，帮同搜查，方某道："去去，不干我们事！"于是拉着童某就走。

现在童某、方某等吃了茶回来，我见方某头上，戴了一顶新呢帽，我便问道："新买的么？"

------

① 壁虱：节肢动物门昆虫纲，身体扁平，好干燥，藏于板壁、草席缝隙间，吸人畜之血，传染疾病，亦称为"蜇虫""臭虫""床虱"。
② 破钞：为应酬而支出金钱。
③ 会钞：付账。

方道:"是的。"

我道:"什么价钱?"

方道:"一元二角。"

我又问童道:"你们同去买的么?"

童道:"否,我们在茶楼上喝茶,他一个人去买的。"

我又把姓方的帽子取下一看,见得委实是顶新帽子,后来把帽子里的衬皮翻转一看,上面写着"陈记"两个字,我就把帽子还了方某,点一点头,他们进社去了。

我如今出了社门,便是我侦探的时期。而在我入手侦探之前,不得不先把我的理想和侦探的手续,仔细推想一番。不然,非但要耽误时刻,恐怕空费了心机,还是于事无济。当时我推想道:

一、一定是社员偷的。

二、据唐君说,昨天晚上,他还看见那假发在纸盒内。则行窃的时间,必在昨晚唐君检查之后,或在今日上午。

三、昨天晚上,唐君坐在房间里,并没有出房门。今早八时至九时,我扣上了房门,出去散步。房门没有上锁,房里没有留人。那一定是行窃时间。

四、赃物现在一定不在社中,不然贼太笨了。

五、运赃出门的时候，必在上午八时之后，下午假发案发现之前。

六、假发虽是一个宝贵东西，而普通人并不要收买的，典铺里也不要的。然而贼既要偷它，必定有人要收买。这收买的人，一定也是个新剧界里的人。

七、现在赃物，究竟在哪儿，这是最紧要的问题。

八、如何使得人赃并获，这是唯一的目的。

九、别种案件，只要获到赃物就了。这却不然，一定要人赃并获。破案的时候，又必须在社内众目昭彰之地，使得窃贼无所抵赖。那才能恢复我兄弟两人的名誉。这是最难着手之点。

如今我第一要探的，就是赃物的地点。然而茫茫上海，从何处落墨呢？依第六条①的理想，收买假发的人，定是新剧界里的人。而上海的新剧家，也不知道多少，势不能一个一个去探问。就使去探问，也未必能得头绪。想到这儿，觉得这件事，竟是很难下手。

后来一想，事到如今，也顾不得劳苦了，不论有效无效，姑且到各新剧社去探听一番，就叫了一部黄包车，对车夫道："到某处，快

---

① 此处原刊为"第七条"，应系作者笔误。

走！多给你钱。"

车夫听了这话，自然飞也似的走去。于是到宝昌路①的某社、泥城桥②的某社、大马路③的某团、天津路④的某会……东奔西走，足足问了七八家，差不多把上海的新剧社通通问到，还是一点头绪都没有。

我懊丧得了不得，就对车夫道："拉我到四马路⑤'蕙芳楼'吃茶。"

因为"蕙芳楼"是一般新剧家的茶会⑥，或者可以探听一点消息。然而这也是人当失败之际，自譬自慰的话。其实乱七八糟的茶馆里，哪能探听得出什么？

哪知天下的事情，竟有不期然而然的。我在"蕙芳楼"泡茶坐下之后，只听得隔座有甲乙两人，高谈阔论，说些尽是新剧界的事情。

我仔细听去，原来这两人多是从绍兴演剧回来的，大约是都赚了几个钱，所以十分得意。

后来我听得甲道："今天晚上，我那东西，一定可以买成了！"

---

① 宝昌路：位于上海市闸北区东南部。
② 泥城桥：位于上海市黄浦区西北部。
③ 大马路：今上海市南京东路。
④ 天津路：位于上海市黄浦区。
⑤ 四马路：今上海市福州路。
⑥ 旧时工商业者以约定的茶楼作为行帮活动的场所，在茶座上互通行情，进行交易。这种聚会，通称"茶会"。

这句话到我耳朵里，不由得心头小鹿儿撞了几下。

那人接着说道："要是买得成功，将来我在化妆上面，不是可以分外生色么？"

乙道："是你昨天说的那假发么？"

甲道："可不是么！"

乙道："那假发果然好，就是价值太贵些。"

甲笑道："起旦角①的，化妆最要紧。据我看来，一百二十元买一个法国假发，并不算贵。在你起丑儿②的看起来，自然嫌贵了。"

乙道："你看见那假发没有？"

甲道："今晚十一点钟，在我家里看货。"

乙道："谁来向你兜卖的？"

甲道："那人我并不认识，说是姓金，是个又粗又黑、水牛似的大块头。嘴上已有了几根时式伟人须，那样子如同不倒翁一般，见他的人，没有一个不吃吃笑的。昨天早晨他来，说是有个朋友，新从法国带回一个假发，要卖一百二十元。我说只要货好，一百二十元也肯花的。当时我就向他要货看，他说看货的时期却说不定，大约总在

---

① 旦角：戏曲角色。扮演妇女，有青衣、花旦、花衫、老旦、刀马旦、武旦等区别，有时亦特指青衣、花旦。
② 丑儿：戏剧中表演滑稽的角色，亦称为"丑角"。

三天之内。今天十二点钟,他又到我家里来,约我今天晚上十一点钟看货。"

乙道:"那么今晚十一点钟,我也要到你家来见识见识。"

甲道:"很好!"

以下又说些闲话,我也无心去听它。

哈哈!踏破铁鞋无觅处,得来全不费工夫!

然而且慢!我听了这番说话,虽然好像黑夜里得到一线光明,而据全案看来,还是茫茫大海,没有一个指南针。因为我仔细一想,全社社员里,没有姓金的,也没有这样又粗又黑、有须的大块头。如果要在偌大的上海找这大块头,恐怕找了十年,也找不出来。

如果要去会同了那两个吃茶的朋友侦探,或是同甲说明了,在他家里等,等到十一点钟,大块头来了,我就半腰里冲出来拍他的赃。这虽是个巧取法儿,然而我同他们一面不相识,未必肯帮忙。并且那大块头的假发,也未必就是社员里所偷掉的假发。如果冒昧地做去,不是更要闹笑话么?就使是了,又安见得他们不是勾通作窃呢?就使不勾通,而他们又肯助我,种种色色,都如愿以偿,也决不能在社里众目昭彰之地破案。如果我在外面破了案,把那假发携回去,社员仍要说我是偷了又还出来,我的名誉,仍是不能恢复。我想到这儿,觉得方才所听得的话,仍是一场空欢喜。

话虽这样说，然而我却可以下一个断语道：

除非那大块头与这案没有关系，如果有关系的，必有社员与他同谋！

这样一想，就要研究同社的人，有没有姓金的朋友，于是就取出我带的小册子检看，依着次序，一页页地看下去。

看到一半，忽觉得眼睛一亮，只见得上面写着几行小字道：

> 方某，住城内城隍庙。其父开一牙骨铺①，店号某某。方有至友金某，住大马路某茶楼后小房子内。又会乐里②第五家有雉妓③名阿凤者，为方与金所共昵。金性呆戆而薄有资，恒为方及凤所愚弄。方有所求，金奉命惟谨。故方与凤，恒以走狗目金，而金不自知。同事朱子祥说。

我看了这一段，心上又多了几条理想：

一、金某与方某是同谋。

---

① 牙骨铺：做象牙器、骨器生意的店铺。
② 会乐里是民国时期上海最著名的红灯区，位于公共租界中区福州路（四马路）西端北侧，东临云南中路，西临西藏中路，北临汉口路。
③ 雉妓：旧称下等妓女。

二、方某早存了窃假发的心，又恐怕一时不能卖去，所以预先叫金某招徕主顾。

三、行窃的时间，一定是今早八点、九点之间。

四、方某既窃得假发到手，就即刻写信通知金某。

五、方某今天十二点钟以前，并没有出社，并且他也决不愿出门，以启群疑。所以他通知金某的方法，一定是写信。

六、当假发案发现的时候，方某急急要同了童某出去吃茶。这就是赃物出门的时候。

七、方某今天买一顶新帽子，大有可疑。因为既是新的，为何反面有"陈记"二字？既是三四个人同去吃茶，为何要一个人去买，不同了同伴去买？这帽子明明是借来的，不过是借了买帽的名头，脱卸身间的赃物，借此掩人耳目。

八、赃物既在城隍庙吃茶的时候脱卸，那赃物现在必在城隍庙附近一带。据理推来，恐怕还在他家里。

有了这八条理想，我就该定我侦探的方针：

一、当在十一点钟以前破案，不可使赃物卖脱。如果一落到别人手里，便无从查究。

二、要到各方面去探听精确，证明我的理想，不可草率从事。

三、要用种种手段，使得人赃通通回到社里，当众破案。

我吃了一下茶，动了一番天君①，取出怀中时计一看，已是四点一刻，急忙付了茶钱，走出"蕙芳楼"，坐上原来的黄包车，对车夫道："大马路某茶楼！"

不一刻，已到了茶楼门口，便下车上楼。辗转寻到后面，看见那小房子是"铁将军把门"②。

可巧旁面来了一个约莫五十多岁的老妇人，我便问道："金某在家么？"

那老妇人好像理会的，可是呆呆地站着，不言不语。

我又问道："金某在家么？"

连问了三声，她还是不作声，停了一停，掉头去了。

我想这老妇人也太奇怪了，忽然后面有种尖利的声音"哈哈"大笑道："那人同聋子说话，有趣有趣！"

我急急回头一看，只见得一个十一二岁女小孩，倚门站着，我便道："小姑娘，请问金某在家么？"

---

① 旧谓心为思维器官，故称为"天君"。
② 铁将军把门：俗语，谓门外加锁。

她道:"金某么?不是老五么?三五天没有到家了。"

我道:"哪里去的?"

她道:"不知道。"说着,便一溜烟地向后走去。

我正要问她金某的形状,已是来不及了,走了出来向车夫道:"胡家宅会乐里!"

车夫刚拉了三五步,我忙喝道:"否否,大马路广生洋行!"

车夫就拉到广生洋行,我走进去,买了两瓶"双妹牌"的香水,又买了两块香皂,跳上车子说道:"何瑞丰洋货店。"

车夫拉到何瑞丰,我又买了一打时式格子花丝巾,取出表来一看,已是五点缺十分,心中一想,如果迟一刻,野鸡①要上茶会了,便对车夫道:"快快快!快到会乐里。"说着,一口气赶到会乐里。

这时已有许多野鸡立在门口拉客。我心中好不着急,便带了香水、肥皂、手巾,急急找那第五家。

走进门去,看见一个烟容满面、野鸡似的女人,站在窗口,年纪约有二十一二岁,我便问道:"这里有阿凤没有?哪一个是阿凤?"

那女人笑了一笑,操着上海白道:"侬啥人?唔末就是阿凤,阿凤

---

① 野鸡:旧社会谓沿街拉客的游娼。

末就是唔！"

我也就操着下流社会的口吻道："原来侬就是阿凤姐，失敬失敬！"

阿凤道："格位大少尊姓？"

我道："姓贾，贾宝玉就是家兄的令弟。"

阿凤道："哇唷！原来是贾大少！里面请坐！"

走进房间坐下，阿凤拿枝水烟袋来请我吃烟，我就胡乱吃了两口，便道："我来有一件事的，因令相知方某，现在已到苏州去了，特地来招呼一声。"

阿凤抢着说道："啥格？……阿是方阿三呀？……瞎三话四[①]……哩今朝夜里还要来咧……"

我道："不骗你。他真已上苏州去了。今天一点钟动身的。"

阿凤道："为啥勿先来招呼唔？"

我道："他因为事情紧急，要赶紧上火车，来不及招呼你，所以特地托我来的。"

阿凤道："哩上苏州有啥事体？"

我道："这可不知道，他单说有要紧事情。"

阿凤道："啥时候回来？"

---

① 瞎三话四：方言，瞎说，胡扯。

我道:"他临走时候说的,少则一礼拜,多则半个月。"

阿凤道:"杀千刀①!插烂污②!哩又放子唔格生哉……哩还说明朝搭唔同去买戒指……阿要热昏。"

我道:"阿凤姊,不忙!他说横竖那事做成了,现在货色已在家里了,还怕飞得了么?只要等苏州回来,把货色卖掉,便是一百二十元。那时不要说一个戒指,就是两个三个,只要你阿凤姐,向他卖刁,还怕不得到手么?横竖老三没有第二个心爱的人。"

阿凤道:"什么事?我不知道,什么货色不货色,什么一百二十元?"

我道:"阿凤姐,你也不用假痴假呆了。我们都是局内人,尽可心照不宣,聪明人不必细说。如果老三没有我,他这事也做不成功。"

阿凤道:"哇哇!原来是那事!不是约今晚十一点钟看货的么?"

我道:"可不是么?如今只好等一礼拜以后了。"

阿凤道:"前途恐怕要有变!"

我道:"不要紧,不要紧。有了货还怕销不了么?"说着,把我手里的东西,放在阿凤面前,说道:"这是手巾一打、香水两瓶、香皂两块,是老三托我买了送给你的。说是请你安着心,等他回来。又请你不要把那事告诉别人。"

---

① 杀千刀:方言,骂人的话,指该受千刀万剐的人。
② 插烂污:一般指人做事敷衍了事,中途出了问题,留下一个烂摊子,难以收拾。

阿凤看了那些东西，自然心花朵朵开，便道："我自有数目。我又不是三岁的孩，怎么会把那事告诉别人呢？"

我在阿凤口里，探到了许多秘密，自然喜不自胜，便告别出来。哪知还没有走出门口，对面突然来了一个人，同我打个照面。

诸君，你道是谁？原来就是那又粗又黑、水牛似的大块头，那样子真同不倒翁一般。

我见了他，不禁"扑哧"地笑出来，心中一想，这正是我要找的人，万不可失此机会，便上前问道："老兄是金五先生么？"

大块头道："是！请教尊姓？"

我还没有回答，后面阿凤唤道："来，贾大少、金大少，进来坐了说！"

于是我就一面向里走，一面顺水行舟地说道："敝姓贾。"

金某道："请教台甫①！"

我道："草字宝珍。请教台甫是……刚才老三对我说过，我一时忘了。"

金就在袋里摸出一张卡片给我，其实我早晓得他的名字，所以问他台甫的缘故，正要骗他这张片子，留作后用。不料竟被我骗出，这

---

① 台甫：敬辞，旧时用于问对方的表字。

也是天幸!

金又接着问我道:"你认识老三么?是不是方老三?"

我道:"是的,他叫我找你。我找了半天,没有找到。"

金道:"什么事?"

我道:"他上苏州去了。"

金忙问道:"什么时候去的?"

我道:"一点钟去的。"

金道:"真的么?"

我道:"怎么不真?"

金顿足道:"岂有此理!笑话!这是他自己的事,我不过替他奔走奔走,又不要使他一个用钱,他为何这样愚弄我?笑话!"说着,口上的几根黄毛,跷得笔直。

阿凤掩了口,在旁面冷笑。

我道:"金君,这事你不用着急,横竖他一礼拜就要回来的。"

金大怒道:"一礼拜么?哪能等到一礼拜?我十一点钟接到他的信说,是晚上十点钟到这儿来,十一点钟去看货。我得了那信,饭也来不及吃,急急替他去招呼买主。这样待朋友也不算不尽心了。他如今又苏州去了,我怎么好对人呢?咳!好好一个主顾……这是他自己失掉的。将来就便他对我磕头,我也不管了。"一面说,一面拿桌子拍了几下。

我道:"他到苏州去,也是为了急事,你总得要原谅他。现在他已动身了,你急也没用。如今我还有些要事,失陪了!再会吧!"

看官,我听了阿凤和金某的话,我就知道我的见地不差。方某行窃的证据,已是十分确凿,所以侦探的事业已终。现在就要计划破案问题了。

我就对车夫道:"西门。"

不一刻,西门已到了。原来我那新剧社,就在西门外鑫顺里。

既到了西门,我就取出一元钞票给车夫,说道:"去吧!"

车夫得到了一元,自然欢天喜地地去了。

我一看情形,现在万不能进社,进了社反要误事。然而我自出门以后,不知社里的情形是怎样,又不得不去探一探,于是就硬着头皮走去。

可巧走到鑫顺里弄口,看见我兄弟一个人,在弄里踱来踱去,我便唤道:"来来来!"就拉他到隐僻的地方,问道:"我叫你做的事情,你照办没有?"

他就指着身上的新马褂和新鞋道:"已如法炮制了。"

我道:"好好!"又问道:"社员的态度怎样?"

他道:"那是不用说,分外起疑了。现在他们个个人唾骂我,我忍耐不住,又不能同他们辩论,只得独自走出来。"

我又问道:"方某在社么?"

他道:"在社。他骂我最厉害、最起劲!"

我道:"好极了!社长在社么?"

他道:"在社。"

我道:"你私下去请社长,请他到'中华茶楼'来,我在那儿等他。要秘密,不要被人家知道!"说着,他去请社长,我便到"中华茶楼"。

原来这"中华茶楼",是个小茶馆,位置在西门的城门口,凡是进城出城的人,都要在这茶楼下经过,居高临下,一目了然,真是侦探的绝妙好地点。

我上了茶楼,不一刻,社长来了。我就把探到的情形,同他略略说了一遍,他也十分惊异。

我又道:"如今要你助我做事,使他破案的时候,无从抵赖,能不能?"

社长道:"岂有不能之理?"

我便从衣袋里摸出金某的卡片,用铅笔写上两行字,道:

原约今晚十一点钟看货,兹因前途急欲一睹,恳于八点以前带货到大马路"五龙明泉楼"茶叙,先到先等。至要至要!送

西门外鑫顺里

某社

方先生

自会乐里发

可巧茶楼上有一个小堂倌①,我招他来道:"如今先给你一角小洋,你可把这名片送到某社,说是会乐里送来的,又要个回片,回来再给你一角小洋。"

那小堂倌得了一角钱,自然喜得口也合不拢,拿了片子,三步改作两步走地去了。不上五分钟,拿来一个回片,上面用铅笔写着:

遵命照办,复

金兄

我便再给那小堂倌一角小洋,一面把回片上的字,用橡皮擦掉,又向社长道:"如今我们要用心看守着,不要让他滑过。"说着,就在楼窗上向下看去。

---

① 堂倌:亦作"堂官",茶馆、酒店、饭馆、澡堂里服务者的旧称。

约莫过了五分钟光景,远远地看见方某来了,转弯进西门而去,我便对社长道:"快快跟了他走,看他怎样。"于是急急付了茶钱,走下茶楼,跟进西门。

他走快,我们也走快;他走慢,我们也走慢。保守着二三十步的距离,不太逼近,也不太落远。只因时已六点半钟,天光已黑,虽有电灯,却总有些模糊。所以我们两人四只眼,烁也不烁地盯好了他,他却没有留心我们。

进城以后,他转了几个弯,到城隍庙,又走进一家牙骨店。我一想,这莫非是他的家么?

不一刻,又看见他笑嘻嘻地走出来。我就对社长道:"此刻他一定到大马路'五龙明泉楼'去。你可先跟他去,我即刻就来。"说着,眼看得方某向老北门走去,社长也就依着方向跟去。

诸位知道我现要做什么事呢?原来我想此事总得精细谨慎,不能放松一点,所以虽已在阿凤和金某口里,探了许多信息,心上总还有些不安,不得不再到他家里去探听一番,于是就走近那牙骨店门口,一看店号,果然同小册子上写的一样,便向柜上道:"老班[①]在铺么?"

[①] 老班:即老板。

就有一个四五十岁的干瘦如柴的老头儿出来说道:"就是我。"

我道:"你家三兄,托我来拿件东西。"

老头儿道:"什么东西?好像刚才他回来过的……"

我道:"他回来过的么?莫非他自己回来拿去了?"说着,我就把那回片给老头儿,道:"三兄给我一张片子,叫我来拿个假发。"

老头儿把那片子看了一看就道:"什么假发?我不知道,要问小姐(指方之妻)。"

于是旁边有个妇人插嘴道:"假发么?不是像头发一样的东西么?"

我道:"是的。"

妇人道:"有的,今天下午两点钟,他拿回来的,刚才又自己回来拿去了……"

我道:"好,他自己拿去了,我倒白走一遭。晦气!再会吧!"

我又叫了一辆东洋车,赶到"五龙明泉楼"门口,只见社长站在路旁,我问道:"方某在楼上么?"

他道:"在楼上。"

我又问道:"有人伴了他没有?"

他道:"没有。一个人上去的。"

我道:"很好!如今赃物定在他身间,只要骗他到社,就可破案了。"

我们正是说得得意，不提防对面来了那讨厌的金大块头，摇而摆之，要走上茶楼去。

我一想不对，如果方、金会了面，不是前功尽弃么？便上前拦阻道："金先生，你上楼找谁？"

金道："看一个朋友。"

我道："什么样的人？"

金道："一个穿西装的小白脸儿。"

我道："不是手里有一根赶狗棒的么？"

金道："是呀……"

我道："刚才出去，向东去的，向黄浦滩一面去的。别要上楼了，赶快去追，还追得到的咧！"

看官，原来这金某是个蠢牛，他听了我的话，就拼命地向东追去，并且一去不来了。

我同社长在茶楼下等了两个多钟，时候已是不早，我道："好动手了。"于是就走上茶楼，看那方某正是独自坐着，很没兴趣。

社长上前道："你在这儿等谁？"

方道："候个朋友。他说八点钟来的，到现在九点半钟，还不见他来。"

社长道："想来今天不来了。你可不用再等了，我们吃宵夜去。"

原来这方某顶喜欢吃，现在虽有赃物在身，却因为全社的目光，都注射在我们弟兄两人，没有一人疑心他，所以他反自己放着心，大着胆，一点没有恐慌的样子。如今社长又请他吃宵夜，自然也老实不客气了。

等到宵夜吃完了，我道："现在已十点多钟了，我们雇车回去吧。"于是就叫了三辆黄包车，回到西门社里。

一走进社门，各社员都把那古怪的眼光向我瞧，我也不管。

等坐定之后，社长道："各社员都来，我有话说。"

等人到齐了，社长道："今天偷去的假发，不知道究是谁偷的，可是如果不查个水落石出，你们诸位的名誉，都不免有一点缺点。如今只有一个法儿，把诸位的身间，都检查一下。"

有几个社员道："东西早已出门了，哪里检查得到？"

社长道："不管不管，检查了再说。"

这时候，方某的面色，已变作一块青一块白，而社长和我的眼光，又盯好了他，他无从躲避，也无从把身间的赃物脱卸。

等到一检查之后，大家拍手道："贼！贼！贼！方某……"

到了明天，方某就在西区的警察局里了。

匕 首

　　侦探小说，来自西洋，类皆勾心斗角、奇巧惊人。惟中西社会之状态不同，故阅者每多隔阂。

　　数年前，见某书局出版之《中国侦探案》①，搜集中国古今类于侦探之故实，以及父老之传闻，汇为一编，都百数十则，则仅一二百言，长者亦不过千言。虽其间不无可取，而浮泛者太多，事涉迷信者，更不一而足，未足与言侦探也。

　　后又见阳湖吕侠所著之《中国女侦案》②，内容三案均怪诞离奇，得未曾有。顾吕本书生，于社会之真相，初不甚了了，故其

---

① 此处原刊为"《中国侦探谈》"，应系作者笔误。《中国侦探案》，南海吴趼人（1866—1910）述，广智书局印行，光绪三十二年二月三十（1906年3月24日）印刷，三月初十（1906年4月3日）发行。
② 吕侠，即吕思勉（1884—1957），《中国女侦探》系其创作的文言短篇侦探小说集，商务印书馆印行，光绪三十三年（1907）七月初版，收录《血帕》《白玉环》《枯井石》三篇。关于"吕侠即吕思勉"的考证，详见张耕华、李永圻《〈中国女侦探〉的作者吕侠就是吕思勉》（原载《博览群书》2009年第11期，92—96页）。

书奇诚奇矣，而实与社会之实况左。用供文人学士之赏玩，未尝不可，若言侦探，则犹未也。

故谓中国无侦探小说，不可谓过当语。半①不学，小说尚不足言，遑论侦探？特②天性好奇，举凡西洋各侦探小说，每思所以涉猎之，无事恒手一编；而对于我国中流以下之社会之心理及举动，考察尤力，即通人③达士之斥为三教九流而不屑与交者，亦无不待之以礼，唯不为其同化而已。

故知我者谓为"入虎穴以探其子"，不知我者且斥我为"自侪于下流"。我固莫之或恤也。

癸丑之夏，日长无事，因就数年来之所知，笔而出之。其中或属耳闻，或为目睹，且有躬自尝试者，故实事居其大半，即略加点缀，亦以不背我国之社会为旨。研究侦探者，其亦引为同调乎？

江浙间，有所谓航船者，恒往来于数十里或百余里之市集，载货载客，取值绝廉。通常舱位，行百里者，仅取钱百二十，故图省钱者，

---

① 本文初刊时作者署名为"半"，这里即作者自称。
② 特：只，但。
③ 通人：学识渊博，贯通古今的人。

恒乐就之。顾其船狭窄殊甚,长约三四丈,宽半丈许。下舱颇大,可容货数百石;上舱低平,高不满三尺,搭客可卧可坐而不可立,客多时,甚且坐卧不安。

客夏,余自北旋,道出无锡。锡距吾家可百里,有小轮为之交通,日往返一次。余抵锡时,小轮已开,因思家心切,不耐迟至明日,不得已,附航船以行。

船例,体面客可坐房舱,值较通舱为倍。余意房舱必宽敞安适,乃入舱后,大出意表。房舱与客舱,相隔仅一栏,栏内之面积,仅二十平方尺,计空气之容积,至多不过六十立方尺。舱有六客,均计之,人得空气十尺,故呼吸促迫,身体之不自由,值较死为尤甚。

余倚舱壁而坐,足不能直伸,伸则他客之诟厉①声立至,故止能蜷曲其体,双手抱膝,全身作 N 字形。且舱内幽暗异常,壁虱时出啮人,啮则肌肤隆然而起,有类新焙之面包。他客身藏之虮虱,恒往来飞舞于空气中,旋乃一一过渡于余身,痒不可耐。阴念彼肮脏客既怀此异宝,胡不自享而享他人?斯诚愚矣。

舱无空隙,客之吐痰者,恒向舱壁,壁际淋淋然,偶触以手,黏腻令人作三日恶。而人既众多,则纸烟臭、汗酸臭、脚臭、腋臭,霉

---

① 诟厉:指责;嘲骂。

腐臭、鱼腥臭、食物之发酵臭、舱下货物之陈宿臭，以及种种不可名状之怪臭，咸氤氲混杂于空气中。试思船小如许，既载如干人与货，复载如干臭，小而多容，诚不可思议也。

斯时余作何状，余不自知，冀或不闷毙于船，已属大幸。唯有默祷上帝，佑我归家作养病计耳。然余本无病，所以病者，此船之赐也。

船行以夜，日入，燃牛油烛一支，烛尽启船。以物质文明之二十世纪，以四千年古国之中国人，以江苏开化最早之无锡，而犹舍钟表而不用，用此野蛮时代之计时法，中国人好古之特性，岂世界各国所能及？

是日，烛垂尽矣，舟子①正准备启椗②，忽岸上有高呼者曰："少待，少待！"其音松而粗，似是老者。

舟子曰："汝老王耶？趣③登趣登，今晚钉头顺（船家谓逆风为钉头顺，顺风为钉梢顺），舟行迟，不能久待。"

曰："余尚未晚餐，去去即来。"遂寂然。

舟中各客，闻老王名，咸欣欣然有喜色，谓："老王来，则岑寂可破。"

---

① 舟子：驾船的人，亦称"船夫"。
② 启椗：亦作"启碇"，谓开船。椗、碇，系船的石墩。
③ 趣（cù）：古同"促"，催促；急促。

老王者，王其姓，佚名，人以其老，佥称之曰"老王"。幼即以缉捕名，县官遇巨案，莫不老王是赖。王以是起家，家与余同里，故余幼即耳其名，特以历年奔走，丐食四方，未尝识面。然每闻父老言，老王不知书，而思索力绝强，其脑筋之细，虽质学家亦自叹弗如。王貌寝①，长不满四尺，行于市，耸耸然如猴，儿童恒称之为"黄猴"。顾其两臂之力绝巨，能辟易壮夫五六人，且能猱木，以是得出入于盗窟而无害。

未几，老王登舟，亦挤入房舱中，舱益觉狭窄。余厌恶特甚，然以其为老王也，亦安之。审其貌，诚令人失笑，彼剧场中之饰孙行者者，自以为肖猴矣，脱②有老王在，则彼之肖，将一变而为不肖。

未几，舟启行，水声潺然，杂以船家之推梢、扳梢声（两舟相遇，必先远远招呼，以防抵触。推梢者，谓各走左首也；扳梢则各走右首）。声颇喧闹，而舟中人多不之审：目有所视，视老王；耳有所听，听老王。老王持烟斗，舞手画足，口滔滔如悬河，余之灵魂，早随老王之言以俱去。余本好洁，今则老王之唾液溅吾脸，亦不觉矣。

老王之言曰："余业捕快久，破获以百数，今为诸君说捕快，正如

---

① 貌寝：亦作"貌侵"，状貌丑陋短小。
② 脱：倘若，或许。

一部十七史①，不知从何处说起。今日乘舟，即讲舟中事，可乎？"

金曰："善！"

（以下均老王之言）

老王曰：

五年前，余以事之锡，雇一底子（底子者，船也。此系捕快家及下流社会之切语。研究侦探者，不可不知。下同），时洋机子（切语谓轮船）尚未有也。

天甫破晓，船出河口，见岸上有一人，以门闩挑两包裹，匆促前行。因思乡人赶早市，每以四五时起，此固无足怪。惟入市必与货俱，或为柴，或为米，或为菜蔬。若入市买物，则不必如此早，至八九时犹为未迟。

然乡人赴城省其戚串②时，亦往往挈包裹。城距此凡十八里，以四五时往，六七时至，则其戚串必已起床，亦未为太早。顾赴城必向北行，今转而向南，南仅有一小市曰"玉镇"，距此一里有奇，若以此时往，早甚。由玉镇而南，三十里间无市集，且有大河横亘之，脱不

---

① 《旧唐书·经籍志》乙部正史类，有《史记》《汉书》《后汉书》《三国志》《晋书》《宋书》《南齐书》《梁书》《陈书》《后魏书》《北齐书》《周书》《隋书》，共十三史。宋人加《南史》《北史》《新唐书》《新五代史》，乃有"十七史"之名。
② 戚串：姻亲。

赴玉镇，更向何处去耶？

且乡人担物，恒以扁担，今不用扁担而用门闩，宁非大异？以意度之，知必为窃贼无疑。顾窃贼见人必狂奔，今乃徐徐以行，速度仅与船埒①，岂迟迟以待追捕者之至耶？故又似不得以窃贼目之。

然余好事，姑往盘诘之，因命船仍向前行，而己则一跃登岸，蹑足于其人之后。

追行半里许，始就询之。聆其音，盖一驴子也（下流社会呼湘人之服军役者曰"湖南驴子"，或简曰"驴子"），自言："姓李，名得胜，服务于火药局②，为驻防卒，局在玉镇之北三里。今晨以三时半起，蓐食就道，故仅行至此耳。"

余曰："将何之？"

曰："赴锡。"

曰："何所事？"

曰："今日太夫人之戚串寿，老爷命我将礼物去耳。"

余曰："贵上老爷之令亲在锡乎？"

曰："然。"

余复谛视其包，曰："此去锡远，步行讵勿惫，思船乎？"

---

① 埒（liè）：等同。
② 火药局：即"管理火药局"，官署名。清朝工部所属机构，专掌监造火药之事。

李曰:"固所愿也,特老爷待余曹至刻,未予舟资,故不得不苦吾两腿。"

余曰:"余亦赴锡,正苦无侣。"因指河中,曰:"是即吾舟,脱君不鄙余,则此舟正可便道载君以去,不劳破费分文也。"

李曰:"谢君高谊,敢不谨遵。"

余曰:"我辈同是个中人,讵足云谢?"

李聆是言,面露惊惶色。

余不禁窃喜曰:"得之矣。"

顾李色顷刻万变,旋乃由惊惶一变而为自喜之态。余遂转觉如在五里雾中,然既得之,讵可失之?即呼船伙曰:"泊!"

船伙即架跳板,渡余及李登舟。就舱中坐,仍促舟前行。

时余徒郑七已起,方就盥。郑饶有力,余捕盗必需之。至是,余既有所恃,心乃弥决,即以眼色授郑,嘱为戒备。

逮郑整饬讫,余乃厉声叱李曰:"若识我老王其人否?"

李战栗曰:"亦尝闻之。"

余曰:"既闻之,则速告我,老娘(切语言包裹也)中何所有,否则不尔贷!"

李曰:"寿礼耳!宁有他!"

余嗤曰:"哼!使为寿礼,可割我头!郑七,为我解之!"

郑解包,则其中固累累然之皮子(切语谓衣服也)也,综计约十五六袭，新旧不一，且制作绝拙，类乡人所服用者。

余乃一一为之检点，则除一宽大之蓑衣大蓬子（切语谓皮袍）、一花缎四脚子（四脚子谓马褂）、一妇人所用之穿心子（背心）外，几无值钱者。甲包之底，有火烧宝塔（切语谓烛台）一对。乙包之底，则有满天星（脚炉）一。启炉，中有古式之叫机子（表）一。余皆败絮，估其全值，不满十元。

余因谓李曰："如何？此岂寿礼耶？"

然李之态度，殊出人意表。余初意湘人性刚劲，当解包时，必起与郑斗，乃不出此而唯涕泣向余，抑若为余"老王"二字所慑者。然其表面虽涕泣，而窥其隐衷，又若深以为幸。此诚余百思不得其所以然也。

无已，姑问之曰："若仍狡赖乎？"

曰："何敢？但求宽恕耳！"

余曰："实告我，若贤良（切语谓贼之师）何人？"

彼茫然不之解，已而若有所悟，嗫嚅答曰："无之。"

余曰："毋狡！天下宁有无师自通窃术者？"

李曰："诚无！我本吃粮（下流社会谓从军为吃粮），特为穷所窘，负债累累，不得已而为此，思作卷逃计，初不料欲为君识破也。"

余曰："是亦在理。特窃自何时？昨晚之灯花把乎？抑今晨之露水把乎？"（切语谓傍晚行窃曰"灯花把"，清晨行窃曰"露水把"。）

李曰："皆非也，得自午夜。"

余曰："在何处？"

曰："闸口某乡人家。"

余思闸口距城十里，距玉镇亦十里，午夜行窃，破晓而至此，是亦近情，可不深究，即曰："若囊中尚何有？有则速畀①我，毋劳若翁洗山头（洗山头，搜查身畔也）。"

李乃罄其衣囊向余曰："无矣！"

余审视之，果无矣，因命郑七带线（切语谓以黑索羁人曰"带线"）。

李亦弗忤，唯涕泣求免，且言系初次作窃，后当永以为戒。

余颔之，时舟已抵玉镇。

老王言至此，掀其蟹爪状之短髯而微笑。

舟中人咸鼓掌曰："老王能！老王能！"

老王殊自喜，力吸其烟斗，嘘气如云。

特余（作者自称）颇不了了，因就询之曰："叟，恕无先容！小子欲有所询，可乎？"

王以其冷俊②之目睨余，曰："奚不可？"

---

① 畀（bì）：给。
② 冷俊：谓意味深长。

余曰："叟初以李为乡人，度彼为贼，所料诚是，小子亦闻命矣。顾料乡人者，必不可以料湘人。叟既知李为湘人，又何从知其为贼？又何从知其必为贼？是必有说，盍教我？"

王笑曰："君书生，奚解事？然所问亦有理，可明言之。余阅湘人多，知其性绝狡。设官长命卒弁负重行远，物重三五十斤者，必用两人扛之，且沿途呼叫不已，借显其重，以博官长欢，冀领厚赏；设物在六七十斤外，必用四人，此湘人通性也。今李之物重可六七十斤，一人担之，可决其必非寿礼，更可决其必非官长之物。然则开小差（下流社会谓兵卒私逃曰'开小差'）乎？则世际承平，非其时也。且开小差必自所部出发，军中扛物，恒用竹杠，使果为开小差，胡不用竹杠而用门闩，此非大有可疑耶？吾侪业缉捕者，他种能力诚非所有，而面貌之观察力，万非通人所能及。喜怒哀乐之情，发乎中而形于外，此通人之所知，然泛论也。若细辨之，则喜之一种，已可分为二十余类，若怒、若哀、若乐，亦莫不如之。故一面之大，不足方尺，而辗转变化，竟不知其有若干种。毫厘千里，非积有经验者，不足以窥其秘。若欲竟吾之说，非编一部教科书不可。余观李之行色，匆促如是，其所负之物，又不伦如是，更加以面目上之观察，知其必为窃贼无疑。故先诱彼登舟，以防其逸，更用'老王'二字以慑之，孰知果不出所料也。"

王语竟，余恍然悟，因问曰："案止此乎？殊简单也。"

王曰:"宁止是?勿急!请续吾言!"

时余犹未早餐,既抵玉镇,急欲谋一饱,因命郑七守船。船本无所守,今以李在,不得不防范,苦郑七矣。

余登岸,入一素稔之汉朝阳子(点心店),店主欣欣然命其伙曰:"老王来矣。速为之红脸(切语谓饮酒曰'红脸',然常借作他用,如流氓向人敲诈,亦曰:'若为我红脸,则释汝。'盖所诈无多,仅供酒资足矣)。"

盖余每年往来玉镇,至少亦五六十起,且每遇必就此店食,以是店主人颇识余胃,而杯中物尤为余所嗜,故不待余命,彼即举以奉飨也。

时朝曦微上,乡下老农,咸麇集于对街之茶肆,手各宜兴紫砂茶壶一,间有携四尺许之长旱烟管者,笑谈农事,怡然自得。若我之终岁奔波与盗贼奸徒为伍者,纵多金,而苦乐霄壤矣。

余食未半,余徒蒋升喘息至,谓余曰:"归休,归休,业料师固在是也。"语既,就桌旁坐,额际汗犹涔涔下。

余曰:"胡急至此?早食也未?"

蒋曰:"归耳,奚暇早食?"

余曰:"若自何来?究何所事?"

蒋曰:"来自城。昨晚张绅家盗,云可劫去二千金。兹盗已远扬,县令追捕急,脱师不归,余侪屁股且打烂矣。"

余曰:"追捕纵急,亦未必急至此。去锡而归,未为晚也。"

蒋情急曰:"是恶可!师不云乎将去锡十日耶?张绅之权势绝大,可左右县令如老爷之使小的。今晨县令闻命,已惶急如疯,恐此案不破,则彼之七品头衔,亦将随之以去。张绅之权,诚足以畏县令;县令之威,更足以吓我辈。师如不归,盗可逍遥法外。为盗计则诚得,其如我辈父母所遗之屁股何?"

余曰:"归矣,毋多言。小子遇一案,便不知所措,将来何堪独力任缉捕耶?"遂解缆返城。

舟行十里,抵闸口,计已十时,乃命稍泊,俾郑、蒋登岸就食,且命彼等携烧饼来船以享李。语有之,杀罪、枷罪,无饿罪。余今捕李,分文无所得,转乃令我挖腰包,余诚愚甚。然余此时之心绪,已不在李而悉注于盗。顾蒋升所述盗况,又复不详,余虽假设种种方面之冥想,竟不得端绪,亦姑置之而已。

无何,郑、蒋至,并偕一乡老来。

郑欣然曰:"案有着矣。"

余曰:"若已捕得盗来耶?彼伧①岂盗耶?殊不类。"

---

① 伧:古代讥人粗俗、鄙贱。

郑哑然笑曰:"师误会矣。余所谓案,乃指李之窃案。此老特来领赃耳。"

余即谓乡老曰:"若失窃者耶?"

曰:"然。"

曰:"以何时窃?"

曰:"晨间。"

曰:"所窃为何?"

乡人一一背诵,与包中物丝毫无误。

余曰:"赃在是,可将去。"

乡老欣然,亟称余能,且谓异日来城,当以雄鸡、竹笋为余寿,余笑谢之。

乡老又问曰:"捕得窃贼未?"

余指李曰:"彼朝珠(切语谓铁索也)锒铛者非耶?"

曰:"将何以处之?"

余曰:"薄惩耳,岂必欲定杀头罪耶?"

乡老诺,遂挈其两包,登岸而去。

既抵城,余先往见典史[1]。典史之司在贼,故有贼头(俗称贼头典

---

[1] 典史:官名。元始置,明清沿置,为知县下掌管缉捕、监狱的属官。如无县丞、主簿,则典史兼领其职。

史）名。是任典史为浙江陈公，人颇无能。余虽执役贱，彼以仰仗于余力者正多，故恒不敢拂吾意。人谓陈典史以翁礼事老王，其言虽谑而虐，然非过当也。

既见，余即以李交之。彼乃衣冠升堂，略诘李数语，即斥其虎狼之吏……

言至此止，余哑然笑曰："其吏诚虎狼，然则叟亦虎狼之流亚欤？"

老王亦笑曰："宁止此？使天下之为捕快者，尽如我老王，则举凡狡如鼠、毒如蛇、饥如鹰、残如豺者，可无噍类矣！余之毒，讵虎狼所能及？"

余曰："叟诚可谓善辩矣！虽然，彼斥吏又胡为？"

王曰："宁有他，充其权之所及，不过笞李二百，判荷木枷[①]一月，即此了案。"

余曰："案即此了乎？殊未能餍我之望！"

王曰："勿急勿急！虽然，我渴矣，君能饮我茶乎？"

余曰："茶将安得？幸余携有水果来，差可报命。"即以香蕉数枚予之。

[①] 枷：旧时一种套在脖子上的刑具。

王喜极称谢,立啖其三,且曰:"余齿脱落矣,使为别种果物,余且无福消受也。"

余颔之,因请赓①其说。

老王曰:

李案既了,余乃悉心从事以探盗。先遣郑、蒋二人去,嘱为探听,期以有警则来报。顾余明知二人为傀儡,此去必无成,其所以遣去之者,非欲借以为助也,特以往来相从,徒聋心神,抑且惹人注目,故毅然去之。

既去,余先往谒张绅。张降阶相迎,欣欣然为余述盗事。此辈平日,气焰不可逼近,"混账""该死""拿片子送办"等俚语,几无一刻不出诸口,其视我辈,诚奴婢犬彘之不若。今乃一易其往常之面目口吻者,无他,有所求也。顾所求于余者良细,而业已如是,则所求之较大者,不将吮痈舐痔②耶?我辈之业,彼辈辄斥为贱业而不屑为。彼辈之吮痈舐痔,我辈操业纵贱,亦将斥为更贱而不屑为。我之所屑,人不屑之;我所不屑,而人转乃屑之。可见人情好恶,各有不同也。

时余问张绅曰:"案失究若干?闻系二千,确乎?"

---

① 赓:继续。
② 吮痈舐痔:为人舔吸疮痔上的脓血。比喻卑劣地奉承人。

张曰："讵止是？综计约可万余金。"

其言"万"字也，声尤高大，一若加一英文中之"阿克生脱"[1]者，守财虏之丑态，诚可哂也。

余（作者自谓）曰："叟亦知英文乎？"

曰："非所知也，特闻诸街头之时髦学生。彼辈读西文甫三月，'也司，奥儿来'[2]之声浪，便滔滔不绝。我乃得乘间窃得数语耳，诚所谓：西瓜大的字，不足一担也。虽然，彼被余窃之学生，其量亦仅斗筲[3]。使余窃较多，恐充其所学，犹不能餍余之贼心。"

余曰："叟语殊俊谑，羞煞学生矣。特张绅又如何？"

王曰：

张绅曰："盗以昨夜来，计其时约一点许。时家人均已熟睡，故不知其何以入室。两点时，余便急，提饮器就溺。忽闻余次媳房中有厉响，心知有异，急呼夫[4]，而底下人乃均熟睡如死鼠，莫之或应。余胆素怯，而又无力，故除号呼外，几手足无所措。旋闻屋际瓦声轧轧然，

---

[1] 阿克生脱：应为英语 accent 之音译，有"口音""重音"之意。
[2] 也司，奥儿来：应为英语 Yes, all right 之音译，意为"是的，好吧"。
[3] 斗筲：斗，量器，容十升；筲，竹器，容一斗二升。"斗筲"形容量小。
[4] 夫：旧时称服劳役的人。

而盗去矣。"

余曰:"时尔媳在室不?"

曰:"余媳以昨晨归宁①,傍晚未返。"

余曰:"往常亦如是乎?"

曰:"常事耳。彼归宁时,从无当日即归者,或一宿,或二宿,时且勾留十余日不等。"

余曰:"然则尔子何往?"

曰:"彼终岁旅宁。归家时,年不兼旬②也。"

余曰:"尔以何时检查房中?"

曰:"盗去后,余方敢督率婢仆进房检查,房中各物,井次依然,一若未被盗者。"

余曰:"然则尔何以知其所失为巨万?"

曰:"方检查时,钟已三点,余即一面遣人召县令,一面饬轿役请余媳归。媳至,知盗去小皮箱一,中有珍珠、头面③及钻石、戒指若干,其值约在万金外,其细目余不得而知。脱君欲知之,余媳当能为君言之凿凿也。"

---

① 归宁:一般指女子出嫁后,回娘家向父母请安。
② 兼旬:二十天。
③ 头面:首饰,头部装饰品。

余曰:"此非余所急欲知者。特尔媳归时,究作何状?"

曰:"惶急耳,悲怨耳,愤恨耳,宁有他?"

余曰:"然。然彼平时安分乎?"

张忽变色向余曰:"余延汝探盗,非延汝探媳。媳之如何,岂尔所当问?"

余曰:"请君平气!余突为此问,诚属失当,然天下事往往出人意表。故业捕探者,苟心有所疑,必直言细问,不事讳饰。今君既不愿我发此问,取消之可已。"张无言。

余又曰:"案情余已闻命矣。然此不过一寻常之窃案耳,胡足云盗?"

张曰:"彼尚杀一人,讵非盗?"

余愕然曰:"杀人耶?曷不早言?所杀为谁?"

张曰:"婢子耳!现尚委尸后门之外。"

余曰:"县官知也未?"

张曰:"四点半时,县官闻命来,已命仵作①相验,证明确系伤死无误。县官云:'无任尸身易地,俾留供老王之探察。'今尸尚在原处,尔欲一见之乎?"

---

① 仵作:旧时官府中检验死伤的差役。

此系《小说名画大观》第九册（胡寄尘编，文明书局／中华书局，1916年10月初版）所收录《匕首》之插图

余曰:"善。"因由厅事①而进,曲折历门十余重,乃至后门。

门外草丛中,一女尸横卧,距门约可五六丈。

余检尸,知系腰间一刀致命,伤痕宽寸许而略圆,深可三寸,因知所用之刀,必系一种小包(切语谓匪类随身所带之匕首曰"小包",又手枪曰"喷筒"),刀既入肉,行凶者复用力旋转之,乃成此惨象。尸之面部,有指爪之伤痕甚多,全身复有青肿之拳伤、脚伤,可知未死之前,格斗必极猛烈。去尸约十余步,草均折断倒地,似被践踏者,想必夜来格斗场也。

张绅谓余曰:"此女名玉桂,即死于此处,未移咫尺。"

余曰:"信乎?则案有着矣。"

张曰:"尔已知盗之所在乎?"

余笑曰:"尚未尚未,特知其涯略耳,此时尚不必明言。"

张亦不固诘。余复检查尸之衣服等,均了无他异,遂偕张绅返其厅事。

行经一厢房,张曰:"此即余之卧室。"更指其东首之一室曰:"此余媳所居。"

余亦一一探察之,均无可使侦缉之价值。

---

① 厅事:本为官署视事问案的厅堂,后私家房屋也称此名。

既抵厅事，余复问张曰："尔知盗数约几何？"

曰："蒙眬间，余不能辨。然屋上瓦声，殊不复杂，以意度之，必仅一盗。设有多盗，亦必在屋外为外应。尔意云何？"

余曰："诚然，特尔对于此案，有无见地？"

曰："有之。行凶者必系往来我家之熟人，否则何以能知余媳房中有贵重品？且他物均井井，独携皮箱去，尤非熟人不办！"

余曰："所见殊不谬，顾尔有可疑之人不？"

曰："有之，阿升是。"

余曰："阿升为谁？"

曰："余仆。"

曰："今何往？"

曰："逸矣。"

曰："以何时逸？"

曰："阿升事余久，计已可八年，恒终岁不假，假亦不盈日。昨晨，忽向余乞假，期以越宿即归，余许之。而盗案即发现于是夜，因知阿升必为盗无疑，即未必躬自越屋杀人，亦必为是案之主谋。"

余曰："或然，然亦未必尽然。抑更有问者，尔何以知玉桂被杀？"

张曰："盗去，余率婢仆检查全宅，室人均起，独不见玉桂，辗转寻觅，乃得之于门外。时体犹温也，然已无救矣。"

余曰："时后门辟乎？抑阖耶？"

曰："由玉桂之室，以达后门，各门洞启矣。"

余曰："尔意玉桂为何如人？"

曰："忠实可怜之柔弱女子也。"

余曰："何以知之？"

曰："彼幼即来余家，服务已十二年有半，所事悉能惬人意，即加以呵斥，亦笑受无忤容。"

余曰："可怜哉！杀好人矣。虽然，尔料彼如何被杀？"

张曰："余料彼必以爱主故，奋身追盗，故为盗所害。"

余曰："是亦近情。特彼以一柔弱之女子，追盗时，余料必呼唤以自壮其胆。尔闻呼声不？"

曰："未之闻。"

曰："闻启门声否？"

曰："亦未。"

余曰："然则彼在逃之阿升，与玉桂有嫌乎？"

曰："非特无嫌，且交好颇笃。上月稍，阿升嘱人向余言，欲娶玉桂为妻。余以阿升诚，且婢长必嫁，否则转多暧昧事，因许之，且约以二月后合卺①。时阿升喜极而跃，玉桂亦喜形于面。孰意阿升不良，

---

① 合卺（jǐn）：成婚。卺是瓢，把一个匏瓜剖成两个瓢，新郎新娘各拿一个饮酒，是旧时成婚时的一种仪式。

竟杀玉桂，人心险诈百出，诚非余所逆料也。"

余曰："既有此层关系，则全案转觉茫然矣。"

张曰："诚然。特无论如何，阿升必为此案中之一人。尔信乎？"

余曰："余暂不作如是想，且愿尔亦不作如是想。"

张曰："尔意如何？"

余曰："毫无梗概，特杀玉桂者，未必即阿升。余侪查缉案件时，于未得证据之前，不宜以盗名加诸人；逮证据既得，则杀之剐之，其权固操在我也。故使阿升而归……"

张不候余语毕，即曰："尔太戆矣！阿升既杀人，岂复再归？"

余曰："勿言杀人，勿言杀人，阿升未必即杀人者。尔果自信阿升为杀人人，此案即由尔自办，余请告辞。以尔之权，未尝不可嗾使[1]县令，备种种酷刑于阿升之一身。死一阿升，讵复足惜？脱尔果欲余置身于此案之间，则人也赃也，迟早当有以报命，此非余为阿升庇护也。良[2]以草菅人命者，乃寻常劣等缉捕之所为，老王不为也。今与尔约，万一阿升归来，万勿以盗目之。私刑拷问，尤非余所愿。"

张曰："当何以处置之？"

余曰："遣密使唤我可耳！"

---

[1] 嗾（sǒu）使：挑动指使（别人做坏事）。
[2] 良：诚然，的确。

张曰:"如约。"

余曰:"脱破此约,余莫能为力矣。"遂出。

谒县令,令正闷坐上房,至余至,殷勤以探盗事相嘱,且言设此案而不能水落石出,张绅必不利于彼,因出五十元,畀余作车马资,余直受之而归。

抵家,日已午,腹饥甚,命余妻治食。

食时,郑、蒋二人亦相继至。

余曰:"得盗未?"

金曰:"师莫谑我,我固不能得盗,而盗亦未必若是易得也。"

余笑曰:"然。"旋以张绅之所语,及张绅家之所见,一一备述之,且询其所度。

郑曰:"此甚易耳!凶犯除阿升外,岂复有他人?阿升余素谂,鼻赤而操甬[①]音,我能捕之。哈哈!首功当为我得矣!"

蒋曰:"此或未必。以余所见,彼张氏之媳,颇涉嫌疑,即已死之玉桂,亦不能令人无疑也。"

郑曰:"咄!汝好为怪想,天下岂有不就事理之相近者着想,而反致力于虚无缥缈间者耶?设据汝之推测以探案,恐百年亦难得案之

---

① 甬:浙江省宁波市的别称。

真相。"

蒋笑曰:"狂者以不狂者为狂,汝脑筋粗如牛鼻之绳,雇汝挑水拖车,斯诚可矣。若云缉捕,吾见其地老天荒,不能破得一案也。"

二人始而口舌互争,继且汹汹然欲老拳相向矣。

余食饭而笑,饭喷满桌。彼不学无术,而刚愎自用者,洵[1]不值半文钱也。

余斥之曰:"若毋噪,速果而腹!饭后,可各就己之所知,分途察探,有警则来报,余将因此以考若曹之所业。然无论如何,不得拘人,拘则以违教[2]论,责无贷。"

二人唯唯,饭罢,扪腹而去,均欣欣然自得。抑若其探务已告终者,斯亦可笑也已。

两点时,余方昼寝,郑鼓噪入余室,高声呼曰:"师,师!醒,醒!余获得凶犯来矣。"

余曰:"安在?"

曰:"在外室。"

余即拭其惺忪之眼,倒履而出,则见一赤鼻者,以麻绳穿其发辫,系于门栏之上。

---

[1] 洵:实在。
[2] 违教:违反法典、法令。

余怒极,连批郑颊曰:"余命汝不拘人,汝匪特不遵,且拘一良民来,是何说?"

郑心虽愤懑而不敢忤,抱头去。

余乃解赤鼻者之缚,而叩以姓氏,则"阿升"也。

诸君当知,余之责郑,非逞威也,良以对于是案,不得不然。盖余意想所及,阿升必非凶犯,然亦或者与案有关,故不宜慑之以威,宜循循开导,以罄其说。不然,彼纵有所知,亦必畏罪不言,于案情转觉茫然矣。

余谓阿升曰:"适才贱徒冒犯,幸勿介介!"

阿升曰:"承释羁绁①,感且不尽。"

余曰:"尔自何处来?何以被捕?"

阿升曰:"余自华镇归,进北门,即遇高足②,彼即出其麻绳以继我,云系奉君之命。我胆素怯,谨受莫敢违,然亦不自知所犯何罪也。"

余曰:"谬哉!小子也。虽然,尔在途间,有所闻否?"

曰:"得非张绅家盗事乎?今晨余在华,即有所闻,因兼程归来,

---

① 羁绁:束缚。
② 高足:对他人弟子、徒弟的美称。

急欲回家一探消息，不意又为令高足所逮，中心①焦急如油煎矣。老王乎，此事果信不？"

余曰："焉得不信？玉桂且死矣。"

阿升曰："玉桂乎？非张绅之婢名玉桂者乎？"

余曰："然。"

阿升骤聆此"然"字，面色立变，白如剧场中之加官②，中央映一赤若树稍苹果之高鼻，乃成异观。然际彼忧愤惶急之时，而我犹作此诙谐之怪想，亦殊伤忠厚，特余之伤忠厚者犹不止此。

余厉声曰："余闻张绅曰，杀玉桂者即汝，汝罪当抵。"

阿升曰："天乎！余岂杀玉桂者？余以昨日去华，临行时，玉桂依然也。玉桂死于何时，余不得知，度其情，必夜来也。是夜余宿华镇某饭店，饭店主人，可为余证，杀玉与否，余固不难申辩。第③玉桂既死，余生何为？设诸君欲以余抵玉，余亦甚愿，请即就缚。惟彼奸人，既杀玉，复杀余，而己则仍得逍遥于法网之外。窃恐名高如老王，于良心上亦未必说得过去也。"语毕，伏案而号。

余乃霁色曰："毋恐！有我老王在，则子冤不难雪。然尔能罄尔所

---

① 中心：心中、内心。
② 加官：指加官脸，即扮演"跳加官"时用的笑容面具。旧时传统戏剧开场或喜庆节日宴会时，必先有一人或多人戴笑容面具，身穿红袍，手持吉祥颂词之条幅，走演一遭，以取好运兆。
③ 第：但。

知，以答我之所问乎？"

阿升拭泪曰："能如是，敢不如命？"

余曰："余今问汝，玉桂死，汝胡悲？"

曰："实告君，玉桂者，余之未婚妻，主人且许我于二月后合卺矣。"

余曰："然则玉桂爱汝乎？"

曰："玉桂爱我，我亦爱玉桂。"

余曰："玉桂何以爱汝？"

曰："彼爱我诚实。"

余曰："尔何以爱玉桂？"

曰："余爱其勤俭，整饬家事，均有条理，成婚后，谅非素餐①者！"

余曰："曾暗渡陈仓乎？"

阿升曰："否！余素性老实，纵主人督率极宽，而桑间濮上②之事，我阿升不屑为！如君不信，可偕至城隍庙，赌咒于一殿秦广王③前。"

余曰："余与子戏，可勿惶急。"又曰："尔知玉桂果爱汝乎？"

曰："语有之，知人知面不知心。玉桂之心，我无从知之，然观其表面，固甚爱我也。"

---

① 素餐：无功受禄，不劳而食。
② 桑间濮上：指男女幽会。
③ 一殿秦广王：民间流传冥界主管地府的十殿阎王之首。

余曰:"尔知玉桂有外遇否?"

曰:"此非余所知,使彼而果有,岂肯告我?抑且掩饰我者,必更甚于他人。"

余曰:"尔能信其必无否?"

曰:"幸恕余,此问余不能答。"

余曰:"余固料尔不能答也。昨日尔去华何事?"

曰:"近日华镇有节场[①],集各村之旧物于一处,廉价发卖。余以婚期在迩,拟往购一床,及什物若干事。"

余曰:"购得未?"

曰:"看定矣,正欲回家与玉桂商榷。因我尚嫌其价略贵,然使玉桂而心爱之,我固不惜此区区也。"

余曰:"节场之期凡若干日?"

曰:"约可一月。"

曰:"以何时始?"

曰:"昨日始。"

余曰:"一月中,尔无日不可去,何必急急于昨日?"

曰:"玉桂谓余,设去之过迟,物之佳而廉者,必已购尽,故促余

[①] 节场:又称"庙市"或"庙会",是汉族民间宗教及岁时风俗,一般在春节、元宵节等节日举行。

昨日往。余信其说，而又欲得其欢心，故毅然去耳。"

余曰："余问止于此，尔可归矣。"

阿升曰："君言主人尚以我为杀玉桂之凶手，我今胡可归？"

余曰："不妨！脱有危险，余当负责。归家后，可拭而目，看余获得凶手来也。"阿升遂归。

余聆阿升言，于全案关节，已大致了了，因即就我之所思，四出探察。

自以为彼奸人之计虽工，亦断难并我老王而受其愚，孰知自午及暮，足不停趾，举凡可以供侦察之地，无不遍及，而彼奸人之影踪，仍属杳然。意其远扬乎？然尔时交通阻塞，行百里者，需一日劳，彼奸人纵至愚极笨，亦决不愿负此巨万之财物，仆仆道途，以启人疑，故余决其必在城，而城则无何有也。

天既黑，余沮丧归家，郑、蒋均已先至。

蒋言彼初意此案易破，乃一经着手，便纷如乱丝，故探访终日，迄无头绪；郑则仍以其傲愎之态向余，谓余老而怪，释其已获之盗，余亦一笑置之。

然辗转终夜，自思所见，谅不至有误，而彼凶犯者，竟杳如黄鹤，岂计中复有他计乎？

明晨，甫破晓，即披衣出，预计尽一日之力，必得之而后已。

明星灿烂，皓月东升，天既夜矣，而我老王之失败又如故。时余之愤懑如何,余亦不能复忆,而诸君反不难以意想得之也。

如是者又三日。此三日中,余无日不竭余之苦心,欲得盗而甘心,而盗乃终不可得,余怒几不可得复耐。

彼郑七之向余哓哓訾詈①,县官、张绅之向余催迫,余固漠然处之。无奈世人悠悠之口,佥谓:"老王失败!老王失败!"诸君思之,"失败"二字加诸我老王,我老王岂能忍受?然虽欲不受,亦不得不受,此我之所以惶急也。特人当失败之际,每作退一步想,余思天下事,往往有求之愈急,而去之愈远者。今我急欲得盗,盗乃益不可得,不如姑往他处,俟盗之防备稍疏,乃潜归后以谋之,必易于为力,或且于途中得有意外之遭遇,亦未可知。

计既决,亦不与郑、蒋谋,只身赴河干②,见前日所乘之舟,犹未接有他客,即唤舟子曰:"余欲赴锡,可载我去?"舟子诺,余即登舟。

既启椗,余闷坐无聊,亦不知所行几许。

约一饭时,舟子进舱,欣然谓余曰:"老王前日雇我舟,曾遗漏物件否?"

余曰:"未也。余行李尽为郑七搬去,检查均无误。"

舟子曰:"曾遗漏小物否?"

---

① 訾詈:诋毁、责骂。
② 河干:河边;河岸。

余曰:"亦未。"

舟子作惊异色,继乃由腰间掏出一物,畀余曰:"此非君之物耶?"

余视之,乃一利匕首,血渍斑斓,似系新杀人者。

余曰:"此何来?"

舟子曰:"尔等登岸后,遗于舱中耳。"

余喜极而跃曰:"得之矣!得之矣!"继乃自思曰:"此案诚幻,若非有证人,则凶手不肯自认。"

有间,舟已抵闸口,余命暂泊,登岸事所事。傍晚,偕二人归船,即所谓证人也,乃命舟子回城。

舟子曰:"汝两次欲赴锡,一至玉镇而折回,今至闸口即折回,何也?"

余曰:"余自有故,汝可勿问,厚给尔值可也。"

抵城,款二客于家,时已可二鼓,余即往见县令,言:"犯已就获,可于明晨提讯。讯时,堂上宜置刑具,阶下可列城守兵若干,以防其逸。"又言:"如见余举左手搔头,即斥皂隶①用刑。"吏均唯唯。

余复遣蒋升赴张绅家,嘱绅及阿升听讯,均喜极。郑、蒋又叩余盗之所在,余笑而不言。是晚,二客即下榻余家。

---

① 皂隶:旧时衙门里的差役。

明晨，县吏传集事主、证人，及案中有关系者听审，凶犯则由余提解。余惧盗逸，偕郑、蒋二人为助。

途次，市民奔走相告曰："老王获得剧盗矣！盍往县署观讯去？"

余于获盗时，惧盗有备，初未声张，特市民对于我之期望颇切，而对于张绅家之被盗，尤为注意，故一闻获盗，即欲一知底蕴也。

最可异者，盗既为余所得，郑、蒋二人，犹复窃窃私议，谓余"昏瞀无能，冤人为盗，直以人命为儿戏"。

余对于是辈，深怜其愚，然除付之一笑外，亦无他法以医其愚也。

既抵县署，观审者几塞途，大堂前后，无可插足地。举千百人之眼光，咸炯炯向余，作惊异色，余亦都不之顾。

无何，县官升堂矣，前导者二人，后随者亦如之，且必伛偻其背，墨晶其眼镜，自以为非如是，遂不能像官。设一思及其在上房向余求助时，必"扑哧"而笑。

我闻西洋侦探，能变易容貌，自以未能谙此为恨。若官者，时而倨，时而恭，面具一日数十易，变化不出，辗转不穷。试问彼西洋侦探，能乎不能？是则中国之官，固贤于西洋侦探多矣。

官既坐，摇其首，成圈形之轨道，又徐徐举其如椽之红笔，饱浸朱汁，在案卷上作巨大之红点。旁立之小胥，即高声唱盗名。

诸君思之，此盗果何人也？盖即窃贼李得胜也。

凡县官判案，其案上必详列受审者之姓名、籍贯，而县官之眼珠，大于日球，故视若勿睹，必一一转问诸受审者，虽烦勿厌。至是，县官亦循例质李，均详答无误，又质以在闸口所行之窃案，亦直认不讳。

县官乃曰："张绅家杀人窃箧之案，汝知乎？"

曰："不知。"

曰："今据老王言，汝实为此案之凶手，汝能承认否？"

李笑曰："大老爷明鉴，匪特无此事，抑且无此理！张绅家之案，出于五日前之夜，是夜，即余在闸口行窃之时，同日同时，我岂有分身术耶？此其一。且张绅家所失，为数巨万，使我而果为此案之凶手，则既有巨万之宝物，亦不愿再至闸口，窃彼乡人之破衣败絮，此其二。况为盗者之心思，在于得财物而已，财物既到手，即以逃走为第一要事，岂复有流连当地，不从速远扬，又从而偷窃他物，以冀追捕之至者耶？此其三。有此三不近理，余不辩自明。而况语有之，捉贼捉赃，今赃果何在？"

县官语塞，以目视余，余曰："李！汝之狡谋，已尽为余识破，今犹哓哓置辩，纵堂上或为汝瞒过，岂我老王亦能为汝瞒过耶？余知汝之罪，非一一证明之，则决不肯自认。今有证人在，汝其谛听。"

堂上即传两证人至，一为火药局之守卒，一为被窃之乡老农。

县官问姓名讫，余谓李曰："今先证汝第一罪：汝言汝为火药局之守卒。今有火药局之守卒在，可对质之。"

李熟视守卒而不语。

令谓守卒曰:"试言之。"

曰:"余守试造局,已有三年,局中同事二十人,虽年有调换,然从未见有此人也。"言时,以手指李,李面赤。

余曰:"如何?汝第一罪已证明矣。今再证汝第二罪。汝言在闸口行窃,时方夜半,今被窃之老农在此,果为夜半与否,彼必知之。"

老农曰:"彼来窃物,天已黎明。时余已起,因便急就厕而出,虚掩室门,彼乃得乘间卷物而去。"

余曰:"汝第二罪又证明矣。尚有他说否?"

李曰:"此二罪甚细,纵余承认,亦与盗案无关。"

余曰:"举此即可以例其余,且余更有第三证在。"

李曰:"愿闻。"

余即以目环视阶下之列卒,卒会意。余乃出李之不意而厉声曰:"此第三证者,即汝所用以致玉桂之命,亦即余今用以致汝命者也。"言时,以舟中所得之匕首,掷地锵然作声。

李视之,失色。

余曰:"汝尚可狡赖乎?"

曰:"此区区一匕首,又焉足以证余罪?"

余亦不与多辩,即略举左手搔头,堂上大声喝"打",五六皂吏,即蜂拥而上,欲褫其衣。李僵跪不为所动,偶一用力,五六人披靡,较之在典史署中安然就笞者,迥乎不同,因知李固膂力过人。其先前之所以安然就笞,盖别有用意也。旋乃遽然起立,思欲向外而逃。幸阶下列卒及郑、蒋二人,相助为理,乃能就缚。

当李逃时,县官骇极而噤,连呼"这、这、这……"不止。既缚,其威乃大震,举其案上之三寸断命木,连拍十数响,狂呼"打!打!"。

阶下应命,而一五一十之声乃起,中更杂以"鞑鞑"之皮鞭声,及"冤枉!冤枉!"之呼号声。未片刻而李之血淋满背矣。

呜呼!"刑讯"二字,世人诟病久矣,然使遇此等黠犯,设不借刑以示威,则举凡劫盗、奸杀之案,必无有澄清之日。死者之冤不得雪,抑且适足以率人而入于奸盗之途。故刑之一事,但求其行之适当而已,若欲完全消灭,窃恐福尔摩斯再生于中国,亦将无往而不见其失败也。

李既受刑,乃据情供曰:

客岁春,余即通于玉桂,因旅费不赀,时向彼告贷。彼初不之吝,继因其所入甚微,恒苦不给。余乃与彼谋,使能在张绅家窃得财物若干,因以远扬,则双宿双飞,一生可吃着不尽。特因老王之探术甚工,而张绅家亦无隙可乘,即亦置之。

五日前,余知老王将去锡,玉桂亦告余以张绅之媳,欲作归宁计,自思机会之佳,无有过于此,因与玉桂约,入夜行事。

阿升，伧父①也，彼不自量，欲与玉桂订婚。玉桂遂益饵之以色，时时向彼有所求。阿升奉命惟谨，玉桂以爱我故，即以其所求者供我之挥霍，而阿升不知也，且犹自以为此一块天鹅肉，固已为我盘中餐矣。阿升诚伧父也。

至是，余等乃利用之，先嘱其往华镇购物。逆料余与玉桂偕遁后，张绅必欲得玉桂而甘心，且更必疑及阿升与玉桂同谋，而万不至疑及我。我既与玉桂遁，则罪尽在阿升之一身。迨阿升由华镇归，张绅必执阿升为盗，而送之有司，余侪乃得逍遥法外。此接木移花之计，及今思之，固犹以为甚完备也。

漏三下，张绅家人，均已酣睡如死鼠。余潜登其室，四向瞭望，脱有惊警，则我固多力，且携有匕首在，不难与之格斗。玉桂则潜将室门尽启，更破扉而入张媳之室，挈其小皮箱出。逮张绅呼号，玉即疾趋后门之外，余亦由屋际遁去，此张绅之所以闻瓦声轧轧也。幸张绅不起逐，余辈乃得安然而出后门。

时玉桂谓余曰："罄小皮箱中所有，可值万金。"余骤聆此语，心乃忽变，自思挟此巨金而与一女子俱，匪特易使人疑，抑且秘密恐难卒守。即不然，日后玉桂，可以此挟制我，我之自由，必

---

① 晋南北朝时，南人讥北人粗鄙，蔑称之为"伧父"。

将尽为彼剥夺。思至此，即突出玉桂之不意，以老拳猛击之。玉桂虽弱，腕力亦甚可，往返格斗，余幸得出匕首手刃之，此玉桂之所以死也。

至是而余之心乃又一变，盖张绅家既出此巨案，追捕必急，不如用逆来顺受之法，而更益以接木移花之故智。

城之东隅，有义冢焉，纵横可半里许，终岁人迹罕至。余即埋赃于彼处，日后事平掘藏，决不至不翼而飞。堂上乎，今赃在第五冢老树之下，可饬差掘之，当知余言之不谬。

余既埋赃，乃缒城而下，力疾行至闸口，天已微明，入老农家，窃其破衣败絮，冀乡人必群起捉我。顾乃不如是，我遂大失望。

行近玉镇，果为老王察破为贼，即系我于船，自鸣得意。不知我此时之得意，乃百倍于彼，因彼已坠我计中也。且余初愿未尝冀及老王来捕我，今竟于无意中得之，其欣忭①为何如。

我之所以欲就捕者，亦仅为掩饰捕快之耳目计。盖闸口距城十里，同日同时，既在闸口行窃，决不能更在城内杀人。且余既被老王所得，则老王探察，只知尽其力以捕未获之凶犯，焉能转

---

① 欣忭：喜悦。

变其心之方向，疑及我已获之窃贼？此老王之所以五六日来，奔走终日，而竟莫得头绪也。

今我事败矣，所以败者，此匕首也。然以老王视之，固其胜利品也。我既杀玉，悔未将匕首弃于尸畔，此为我第一失着。既出城，拟弃之于途，又恐不幸而为乡人或捕快所得，是直明示以逃逸之方向，故不果。及既过闸口，大河在旁，行人稀少，而我犹未将匕首掷于河中以灭迹，此为余之第二失着。盖人当恐慌忙乱之际，恒忘其所急，今我正坐此病也。老王既捕余，余自危特甚，幸老王不检余身而仅检余包，余乃得乘间置匕首于船中。然余初意犹拟投之水中，因余所坐之处无船窗，且投水有声，必启老王之疑。及登岸，老王犹未觉船中有匕首，即郑、蒋二人，亦多不之察。余心乃大慰，阴念从此"赃""证"二者，均已消灭于无形，纵有十老王，亦难得此案之真相。孰知今果败耶，天乎！

谳既毕，乃断李如律。即彼价值万金之小皮箱，亦由髑髅畔中掘得，珠还合浦，而我老王之职尽矣。

（以上均老王语）

忽闻舟子呼曰："抵岸矣，先生等终夜未寐，乃犹讲《山海经》（江南一带，俗称说故事曰'讲《山海经》'）不已也。"

余遂整饬行装登岸,与老王珍重而别。

当余初上船时,自分必病,今竟不病亦不疲,侦探诚足疗我疾也。

淡　娥

　　读者尚忆本《小说界》①第一年第三期《匕首》小说中之老王乎？今者余与老王之爱情日益密矣。我之爱老王，非爱其人，实爱其探。既爱其探，遂不得不心仪其人。"爱情"二字之广义，固不仅专指男女之互相悦慕，而我自航船识老王后，日日踵其门而叩其术，亦未始非一种爱情也？明乎此，则余之小说乃开篇矣。

　　余家与老王家近，自相识后，初则每三四日过彼一次，继则日必一次，终且日或二三次，使老王家而蓄一印度阿三为司阍②，则必睁其可怖之怒目以向余，或且举其粗重之手腕，以讨饭棒搁余之首。顾老

---

① 《小说界》，即《中华小说界》，1914年1月1日创刊于上海，1916年6月停刊，是民国初年一份综合性文学杂志，总发行所为中华书局。该刊以小说为主，有言情、社会、家庭、滑稽、讽刺、历史、侦探、科学等题材，另有戏曲、诗词文、笔记、评论等作品，创作为主，翻译次之。
② 司阍：看门的人。

王非特不厌余,抑且甚器重余,纤屑之案,恒就商于余,时或有效。

余之自喜不必言,即老王亦曰:"汝,孺子可教,彼郑若蒋者,直豚犬耳!"

噫!使以此孺子之名而加诸诸君,诸君必怫然怒,而我转乃乐之。非特乐之,抑且感激涕零,几类奉九天之丹诏①。脱是时老王欲余叩首谢恩,余亦不吝一屈膝也。

故侦探家之名,余万不敢当,设有人焉,谓余为"探迷",余敢勉强谨应曰:"岂敢!"

特庸俗者流,恒斥探事为细故而不屑言,故每当余之就老王也,途之乡父老,必窃窃私语曰:"此子无赖,读书不成,今竟学作捕快矣!不知彼之祖若宗,生前作甚孽耶?"

呜呼!我以爱探故竟至辱及先人,死罪死罪!然而我不顾也。

老王嗜饮,日非斗酒则寡欢;余则恶酒若蝎,涓滴不能下咽。特既日与老王近,老王遂劝余习饮,谓"酒可以长精神",且时出家藏陈绍②享余。余不忍拂其意,亦辄姑饮一半杯。老王乃大喜,以为又得一酒友。

彼嗜饮者欲强人同饮,千人一律,究不知其心理何若。特老王之

---

① 丹诏:帝王的诏书。以朱笔书写,故称。
② 陈绍:存放多年的绍兴酒。

饮，与普通之酒鬼醉后胡闹者不同，彼当酒酣耳热之际，心地弥清，精神弥健，为余谈探事，益较平时生色。且每遇异案，必用酒助脑以构思，余亦因此不惮牺牲精神上一部分之自由，而伴彼饮酒。

一日，天将晚，彤云密布。余在老王家，老王命酒，对酌谈案事甚乐。忽其徒郑七，以一函入。启之，则曰：

老王听者，余耳子名久矣。子之探术，诚可以压倒侪辈，余亦甚佩之。特今与子约，此十日中，余将有所事。子若明哲保身，当必有以奉报；若不自量力，欲逞其才以发余之覆①，则余非易与者。利害如此，惟子熟思之。若果欲以垂老之头颈，衅吾杀人如草之腰刀，亦唯命！

江湖大盗　上

老王阅竟，默不一语，旋乃突然问余曰："子畏死乎？"

余曰："死何所畏？特死必有其道，无谓之死，余所不死也。"

王曰："怯者畏死，故死前即有若干死；勇者不计死，死一而已。

---

① 发覆：去除遮蔽，揭露真相。语出《庄子·田子方》："微夫子之发吾覆也，吾不知天地之大全也。"

子既不畏死，可以助我探此案矣。"言已，以其手中之函畁余，且曰："试细审之，当自知其案情何若。"

余反复检阅，复沉思半晌，茫无端绪，因曰："此仅一恫吓信耳，彼自署江湖大盗者，未必即是大盗。余意彼欲犯之案，非奸即杀，或且兼奸杀而一之。脱彼果为盗，则此信不啻自述供状。盗纵愚，亦决不愚至此也。"

老王曰："然哉！特子言'欲犯'二字殊不妥，盖彼之案，早已犯矣，又何言乎欲犯？子之以彼为犹未犯者，得毋由于'此十日中，余将有所事'一语乎？然此适所以坠入其奸计之中。凡奸徒之欲行凶也，事前必严守秘密，岂肯先事告人者乎？果使其所谋之事，必待十日内方能行之，则我得此信后，不劳用侦探之手术，只需将原信印刷一纸，粘诸街头，使家喻户晓，则彼且无行凶之地。奸而狡者，固如是耶？抑又闻盗者言，凡入人室，室中咳嗽私语者，怯也，可入；开门叫骂者，怯而自壮其胆也，可乘；阒①焉无声，寂若无闻，是乃劲敌，宜去之。今此信所言，一则曰'余非易与者'，再则曰'杀人如草'，终且自署为'江湖大盗'，一若余老王一闻此言，即畏死不敢闻问，不知正所以显其怯而自壮其胆耳，与彼开门骂盗者，固无以异也。且信中之

---

① 阒（qù）：形容寂静。

疑点甚多，已不啻具一完全之供状。吾侪苟一一研究之，则按图索骥，得凶徒如反掌耳！然个中疑点，余暂不明言，子盍先费一番脑力而推求之，不问其所推测者有当与否，于子之探术，必有相当之进益也。"

余曰："然！"即收原信反复展视，迄无所得。

老王笑曰："余以子为黠，今乃并此而不知耶？盍先干一杯，余当尽举以告汝。"

余惭不能语，老王曰："苏常一带，舍盐枭①及帮匪外，无有能当'江湖大盗'之名者。然盐枭之首领为某，帮匪之首领为某。此某与某者，余所素识，均不能文。其部下间有知书识字者，然行文尚不能如此信之通畅，可知此案必非若辈所为。此其一。

"既非若辈所为，则为之者必为一文士。何以知之？试观信中字迹，笔画颇挺秀，手腕亦甚纯熟，此非文士不办。且首数字颇工整，自第二行以下，即潦草异常，添改甚夥，可知作此信时，心中必甚惶急，手忙脚乱而为之，故呈此象。可知犯此案者，必系作信者之本人，使另有一人犯案，而倩②此文士捉笔③，则彼文士固不必如此惶急。更可知此信必作于犯案之后，若在案前，固不必预计及此，即计及之，

---

① 盐枭：旧指贩卖私盐的人。大多有武装。
② 倩：请，央求。
③ 捉笔：执笔。

亦未必忙乱至此。盖人当行凶之后，反诸天良，未有不自悔者，且国法俱在，缉捕难逃，既内疚而重以畏罪，心遂恧①焉如焚，于是不得不自求开脱之法。讵知愈欲自求开脱，愈自坠于法网之中。此此信之所由来，亦即吾侪假以为侦探之门径者也。此其二。

"且此案必出于昨晚。彼信笺之左上端，非渍有烛油一滴乎？可知作信时，必在灯右。使作信而在深夜，则行凶必在黄昏；使作信而在黄昏，则行凶必在傍晚。其距离之时间，必甚短促，使为时过长，或在前夕，或在两日前，则地方既有巨案，越一二日之久，吾辈必早已知此，固不必待此信之至也。此其三。

"不宁唯是，此案必出于乡镇。若在城厢，则昨晚有案，今日不终朝，即可遍传全市，岂有此刻而我辈犹不知者？按吾县乡镇，为数二十有五，均已设有邮局。此信邮花②上所盖油印，系城内'总局'字样，可见凶犯之心思，亦甚周密。盖彼以为若在本乡邮局直接寄送，则吾侪可按油印之字样，推其案之所由出，是不啻直示吾辈追捕之方向，此智者之所不为，故余料此信必缄于昨夜。今晨，凶犯怀信来城，投入邮箱（内地城镇恒有小杂货店兼营邮事，悬箱于门口，并发卖邮票者），由邮箱而转入总局，更由总局辗转至此。以收信之时间证之，

---

① 恧（nǜ）：忧郁，伤痛。
② 邮花：粘贴在信件上的印花纸片，为已缴纳邮费的凭证，亦称为"邮票"。

理或不误,且信袋上尚有一长方形之印,其文曰'西段第六箱'(此即司邮箱者所用之印,例不印在邮花上)。噫!彼凶犯纵狡,亦露破绽矣!西段第六箱,余知设在元大粮食店内,店与西门相近,想凶犯必自西门外来。既入城,不暇细择,遂投信于箱。投信后,或潜伏于城中,或旋即返乡,均不可知。特以意测之,彼凶犯既自命为智,则决不肯稽留城中,以启人疑。特西门之外,除花镇外,类皆穷乡僻地,无百户以上市集,既无富绅大贾以供凶犯之劫,更无浣纱西子以供凶犯之奸。且以生计上之关系,地方所出人物,均挑柴卖菜者流,近十年来,未闻有读书人出世。此读书人之名称,彼辈视之至贵,设有人入泮①,乡农必奔走相告,敲锣打鼓以贺之,而东村伯伯、西村叔叔,亦莫不欣欣然有喜色。甚矣,三家村②之秀才,固荣于万户侯也。然而西门外各乡镇无有也,非特秀才无有,即劣于秀才而略吃黑墨水者,亦无有也。故各乡中,虽亦间有贩大麦之私塾先生,或心肝漆黑之乡董③先生,平时操其如椽之笔,为乡人理讼事:'禀为:伏乞④公祖⑤耆

---

① 古代学宫前有泮水,故称学校为"泮宫";科举时代童生初入学为生员,则称为"入泮"。
② 三家村:指偏僻的小乡村。
③ 乡董:即乡长。
④ 伏乞:向尊者恳求。伏,敬词。
⑤ 公祖:旧时士绅对知府以上地方官的尊称,对地位较高者,亦称老公祖、大公祖和公祖父母,流行于明清。

民[1]，某也田产若干，某田坐落何处，生衔死结，没齿沾仁……'然而均羯鼓[2]三通者也。然则此信胡为乎来？则舍花镇莫属，即此案亦舍花镇莫属。此其四。

"尤可异者，此信字迹、笔画虽挺秀，而殊不整齐，可见运笔时，其位置必不甚自由，又每行之上半截，与下半截工拙不同。想系凶犯作书时，无凳可坐，挺笔立书，桌低人高，乃成此象。且桌面必凹凸不平，不然，字迹尚不至歪欹至此。"

余聆至此，不禁笑曰："君真想入非非矣。天下宁有凹凸不平之桌面耶？"

老王曰："此何足异？余此时虽不能预断桌之状态如何，异日水落石出，君亲见此桌，当知余言之不谬。"

余颔之，而心殊弗信。

老王又曰："今更有可疑之点二：其一，信封之制作极精，非乡村市间物，而信笺乃绝粗劣，为一种包裹杂物之裱心纸，二者不能相称；其二，信笺之上半幅，有一曲线形之黄纹，反面之色，较正面为深，似系有火从下方来，熏炙此纸，而成黄色，又细察此曲线形，实为圆周之一部分，其径当可尺许，不知何以致此。此二疑点者，余百思不

---

[1] 耆民：年高有德之民。
[2] 羯鼓：也称为"两杖鼓"，状似小鼓，两面蒙皮，均可击打。

得其故，若能了然于胸，则全案不难迎刃而解矣。虽然，此案头绪纷繁，倘得君为助，则破获较易，君愿乎？"

余曰："唯命，然……"

忽郑七入报曰："一乡媪欲见吾师，可乎？"

王曰："可速之入！"

既入，余审其貌，年可四十五六，衣服虽不华，亦不旧敝，类非窭人①妇，顾神色仓皇，若有重忧。坐甫定，即启口问曰："二位孰为老王？"

王曰："是我！媪何姓？"

媪迟迟言曰："姓乎，余、余……余姓王。"

老王曰："善哉善哉！然则媪来自花镇耶？"

曰："然。"

曰："媪家其遭有不幸之事耶？"

曰："然！非然者，余固不必来。非特余如此，即凡登君之门者，亦几莫不遭有不幸之事者也。"

老王曰："诚然！"然然然……迟迟者久之，旋乃正色曰："媪幸恕

---

① 窭（jù）人：穷苦人。

余！然则媪之所谓不幸事，其有关于令爱耶？抑媪之姓，果姓王耶？余意未必姓王也……"

媪忽愕然曰："君岂神人耶？余片言未发，而君即已探我之隐。南无阿弥陀佛！余家不幸事，非君莫解矣。虽然，君又何以神至此耶？"

老王曰："余非神而亦神，特余之神，非鬼神之神，乃神明之神。事必有理，既明其理，神而通之，斯诚得矣，盍为媪详言之。我国言语不一，乡镇各异，吾聆媪音，故知来自花镇，又视媪神色，故知必有不幸事，然此无足异也。我国有普通之姓三：曰张、曰王、曰李，而尤以'王'字为最普通。凡捏造假姓名者，百人中，王姓者可得四五十人。余今叩媪姓，媪迟迟言曰'王'，余非强媪不姓王也，特以自己之姓，至为纯熟，宜可脱口而出，乃必迟迟言之，且全部《百家姓》中，可姓者甚多，不择他姓，而偏姓王，此余之所以决媪必不姓王也。又因此'王'字之连带关系，余遂决媪之所谓不幸事，必与令爱有关。盖人之所以欲假托姓名者，必自有其故：或凶犯犯案，借此混淆逃脱；或家庭间有难言之隐，借此掩饰外人。今媪来此，是欲央余探案者也，既欲央余探案，则决非犯案之凶犯，既非犯案之凶犯，则家庭必有难言之隐也明矣。夫所谓难言之隐者，岂有他哉？特'奸淫'二字之代名字耳！或妇女与人通，或婢妾随人奔，即不然，亦大率类乎此者。媪体面人也，今之欲托姓王者，亦正为是。然使其事出于媪之媳，或媪之婢，或媪夫之妾，媪之神色，当不至如此仓皇。盖媳疏婢贱,夫妾尤非在系念,此妇女之常情,独母女则情关骨肉,纵其女或有不可告人之事,或有隐秘之苦衷,为之母者,必思隐忍而保全之。今日寒风凛冽,雪花乱飞,媪自花镇来,长途三十里,使非情关至戚,则一介之使,即可招我老王而有余,又何必躬自跋涉?此我之所以决媪之事,必与令爱有关也。"

老王言至此,双眸注媪不少动,默然者久之,既而曰:"事已至此,盍言其所隐?苟我老王可以效力者,当无不如命。"

媪聆此言,态颇不安,若有所言,而讷讷不出诸口。

老王曰:"第言之,老王当以良心为保证,决不宣泄于外人。"

媪曰:"坐中有客在,奈何?"

老王笑指余曰:"媪毋恐,此君为余之密友,恒助余理探务。媪之案,恐亦需此君之助。"

媪曰:"老王君,余今言矣,君其听者。"

王曰:"谨洗耳!"

媪曰:"君亦闻沈静盦其人乎?"

老王曰:"亦尝闻之,花镇之名孝廉[1]也,物故[2]可三年矣。"

媪曰:"然哉,彼即亡夫也。"

---

[1] 孝廉:明清两代对举人的称呼。
[2] 物故:死亡。

老王讶曰："今日何幸得夫人来，失敬多矣，勿罪！"

媪泪然曰："伤哉！幸君勿复以'夫人'称余，直呼之为'媪'可也。忆三年前，藁砧①在世，乡之士大夫，以迄于贩夫隶卒，莫不称余为'夫人'，余亦习闻之而不觉其贵。乃自为未亡人后，向之称我为夫人者，今乃一变其平日之口吻，嗾而呼之曰：'老媪，老媪！'呜呼！'夫人'二字，果值得半文钱耶？然亦饱阅沧桑者矣。

"自吾夫见弃后，膝下仅遗一女，小字'淡娥'，虽无闭月羞花之貌，一乡之中，固亦尝推为翘楚者也。彼今年年十七，尚未字人②，幼受乃父之训，略解诗书，刺绣之余，辄以吟咏自遣，惜余不文，不知其所道何事。惟天性至孝，所事都能顺吾意，故余虽处于困苦伶仃之境，亦恒以此自慰，正不虞桑榆暮景之寂寞也。去年，乡有'毓秀女学'开办，淡娥就学肄业，每试辄冠其曹，芳名鼎藉于一时，乡之旧家子弟，以及大腹贾之儿，争相委禽③。

"三年来，余家门前冷落，至是，乃有所谓媒婆者，日夕进出于吾之门矣。顾余爱女甚，事无巨细，恒不忍拂其意，字人为终身大事，岂可以己意强断之？因谋之女，女怫然曰：'此辈钬膏粱、披文绣者，

---

① 藁（gǎo）砧：妇女称"丈夫"的隐语。
② 字人：许配于人。
③ 古代婚礼用雁作为订婚的聘礼，故称下聘为"委禽"。

醉生梦死，年耗白米三石六斗，此外别无他长，直猪耳！儿宁作乞儿妇，不愿为母猪也。'时余以其言虽太过，亦不无至理，允之，遂谢绝媒婆。久之，求婚者亦无矣。噫！老王君，君意淡娥，必一高尚修洁之女子也，孰知今竟背人潜遁，弃我老母于不顾也。"

老王曰："潜遁乎？其偕其所欢而私奔乎？"

媪曰："理或如此。"

老王曰："殊不类，余不信也。"

媪曰："语有之，知子莫若父，即'知女莫若母'。淡娥事余至孝，平时无疾言遽色，非特君不信其潜遁，即余为母者，初亦万不信之。特今者，欲不信不可矣。"

老王曰："何以故？"

媪曰："自彼失踪后，余即遍访旧时戚族，均无有见之者，此岂非潜遁耶？"

老王曰："媪于事前，有所闻否？"

媪曰："不特未之闻，抑且无可疑之举动，惟彼以昨晚遁，昨日为十二月初六日。初四之夜，彼忽谓我曰：'母乎，儿今有一事，不得不告母矣。'余曰：'何事耶？其明言。'彼迟之再三，又曰：'今尚不必告汝，彼无能为也。'旋又乱以他语。余以其娇小无知，所言未必有关紧要，亦置不深诘。越二日，彼竟潜逃矣，则所言岂非无因也？"

老王曰："彼言'彼无能为也'，彼之所谓'彼'，不知究何所指？

此'彼'者，盖一极有关系之人，媪知之乎？"

媪曰："余虽不知究为谁氏子，然意必其所欢也。"

老王摇其首曰："未必未必。以'彼无能为'之语气察之，恐未必也。虽然，媪盍详言失踪时之状况？"

媪曰："失踪时之状况乎？颇简单而亦颇滋疑窦也。昨日终日雪，饭罢，雪犹纷纷下。淡娥频推窗而望，起立不安，且时时细语曰：'天公作难，恼死人也。'至四时许，雪霁，夕阳一角，倒烛林梢，回映中天作绛色。淡娥色然喜，谓余曰：'阿母，余将去学校，炊时即返也。'余曰：'寒风似剪，雪深四寸许，纵不畏风，独不虑绣鞋儿冰透耶？且今日星期，校中罢课，儿之师若友者，必深居家中，汝又何必去？'淡娥曰：'否否，不然。母亦知学校年考，即在眉睫乎？明日，星期一，例当考算术，儿于命分①之叠分②，殊不了了。昨晚归家匆促，又忘未携得课本来，今儿将赴校取课本，庶归来埋头一夕，明日临场，不至无可对付。儿尝见嬉惰之同学，平日随班上课，及试题一下，则有双峰锁翠，亦有两颊潮红者。天性灵敏者，则秋波四射，偷看隔座同学之试卷，以免曳白③；天性滞鲁者，则双眸不瞬，目光与黑板成直角形。

---

① 命分：即分数，把一个单位分成若干等份，表示其中的一份或几份的数。
② 叠分：即化简繁分数。如果分数形式中，分子或分母含有四则运算或分数，或分子与分母都含有四则运算或分数的数，称为"繁分数"。
③ 曳白：考试时交白卷。

若此辈者,儿平时尝非笑之,使我明日而不能作算题,则易地以观,羞乎不羞?'时余以其言之成理,即漫应之曰:'去即去矣,可早早归,毋令我倚门而望也。'彼一诺即振衣去,其时可四点半也。校距吾家约一里而强,纵行之极迟,一点钟必可往返一次,孰知至五点半,犹未见其回家。然余犹意其校中或与他友值,谈晤需时,迟归一半点钟,亦意中事。

"乃未几而青山衔日矣,未几而月照天空矣。壁间时计,铮铮已鸣八下,远山鸺鹠①一声,余毛发悚然,肌肤起粟,阴念吾家淡儿,其归途过晚,岂遇有强暴耶?又推窗远望,见远近各村灯火,已渐次熄灭,而野田中之星星磷焰,转乃往来如织。呜呼!孰谓人胜于鬼,此盖兼一鬼世界矣。然余以爱女心切,殊勿之惧,急呼老妪为余持灯,而命婢子守户,乘夜亲赴学校探听。中途狂风怒吼,余蹶者再,幸赖老妪挟持,否则长眠雪中矣。既抵校,则双扉紧阖,余力叩之,不应,更叩之,则闻一粗蠢之叱声。余审其音,知为司阍之老叟,此人惯出恶言,余虽恶之,亦莫可奈何,即在门外高声述来意,且乞其启门。彼应曰:'去去,无混乃公。今日大雪,岂有人来?自晨至晚,余并人影儿未见一个也。'余后问:'果未有人来否?'彼不答,余怒其无礼,

---

① 鸺鹠:鸱鸮的一种,捕食鼠、兔等,对农业有益,但在古书中却常常被视为不祥之鸟。

遂归。

"噫！老王君乎！至是而余知果有变故矣，至是而余之心亦寸碎矣，然而余心犹未死也。是夜，余辗侧不能成寐。甫破晓，即复往学校，见司阍之叟方起，余叩以淡娥踪迹，且责以夜来无礼状。彼乃悔谢，且言昨日未见淡娥。噫！淡娥果杳矣。余犹不信淡娥竟肯背我而去也，乃转辗询诸戚族，均以未见告，而于是淡娥之私奔，乃成信谳。此淡娥失踪之详情也。"

语竟，老王默不一语。时天已昏黑，郑七持灯来，老王即取桌上烟管，就灯吸烟，继乃巡行室中，往返可四五匝，即徐徐问余曰："今晨晴乎？"

余曰："然。"

曰："积雪消也未？"

余曰："否。"

有间，复开窗瞭望，旋即闭窗就坐，问媪曰："媪来此何为？"

媪曰："欲得女耳。"

老王曰："得女果如何？"

媪曰："脱果能得女者，余决不罪之。盖余仅此一女，使欲从严究诘，固未尝不可取快一时，特骨肉之间，情有不忍，且身受者，其又何以堪耶？矧^①语有之，家丑不可外扬，设一经传布，我负失于检束之名，固不足惜，独不思彼地下老父之朽骨，犹必蒙以不洁之名，此岂余之本意耶？故今为之计，使能珠还合浦，不如将错就错，使有情人成了眷属。此计之上者。故余对于此事，既未呈控于法庭，亦未宣布于戚族，即家中之老妪、小婢，亦尚被余瞒住。君长者也，此中秘密，亦能代我守之乎？"

老王曰："媪勿虑！余已言以良心为保证矣。虽然，媪乎，余今将发一无礼之问，媪许之乎？"

媪曰："既承金诺，苟有所询，敢不奉告？"

老王曰："然则若女天足^②乎？抑小足乎？"

媪曰："此问诚奇。虽然，彼固天然足也。"

老王曰："昨日出门，所着何鞋？"

媪曰："似是高底革履。"

老王曰："携伞乎？"

媪曰："携西式女伞一。"

老王曰："余所问于媪者已毕，媪今可以归矣。此案极易，明晨……"言时，以目顾余，"即烦此君往花镇一探，当不难了事。余因

---

① 矧（shěn）：况且。
② 封建时代中国妇女有缠足陋习，清末始禁缠足，因谓未缠裹之天然足为"天足"。

淡娥 | 085

事冗，恐未必能来，惟此君或有所询，媪必详告之，否则恐无效。然以余意度之，一二日间，必能得淡娥也。特……噫！此语余暂不言，言则恐伤媪心也。今夜矣，此去花镇三十里，媪可雇一舟，由水道行，则抵家，至迟不过漏三下也。"

媪曰："然，去矣。"

媪出，老王谓余曰："此案情节，汝已听明否？"

余曰："然。当彼言时，余固只字未许轻易放过也。"

老王曰："既如此，汝能独力权任探此乎？"

余犹豫未及答，老王曰："汝平时爱探，今即以此案验汝之成绩，果能独力探得其隐，果佳；脱不能者，余犹可助汝。特此非助汝之时，既至其时，余必自至。"余唯唯。

有间，酒罢而饭，食际，余即举案中疑点，商榷于老王，王笑而不答。余知老王之试我，亦不复问。

当傍晚时，冻云密布，天如欲雪。逾时飞雪花片刻，即复晴霁。

余饭罢回家，见一勾冷月，已出没云表，因默念昨日此时，彼如花如玉之淡娥，不知究作何状。盖怜爱美人，人同此心，心同此理。而余此时之心理，以为淡娥必遭横暴，纵其母言之凿凿，而余犹未敢信其为私奔也。

明晨，余以八时起，见天色晴霁，乃大慰。顾冷甚，寒暑表已降华氏二十八度，已在冰点下，檐际玉箸①可尺许。

早食讫，跨马出西门，马行甚疾，特仍不能解寒。寒气侵马鼻，马气噎而嚏，嚏则喷水汽如烟，汽遇冷成冰，凝聚于马须之端。马须短而少，缀此累累然之冰珠，其状酷似妇女头上之茉莉花，亦异观也。

既抵花镇，余先诣旧识某君处，问无恙毕，即曰："此间日来有无异闻？"

曰："乡下小民，日出而作，日入而息，一年收得十担稻，不欠钱粮，不打官司，便可安然度日，讵有异闻之可言？"

余曰："善哉！此诚世外桃源也。"旋乱以他语，盖余之发此问，欲借以探听沈媪之果守秘密与否，脱不守秘密，友必知之，既知之，余遂可叩其个中详情，以为探事之一助。今友既不知，可知沈媪必严守秘密也。

且余知乡村无马，设有某家门外系一马，必群诧为异事，奔走相告，曰："某家贵宾至矣！"村姑、父老，乃必聚而围观之。故余虽未携马夫，亦不敢系马沈氏之门，以惹人注目，因寄马于友人园中，只

---

① 玉箸：比喻小冰柱。

身诣沈媪室。

媪方戚，见余至，拭泪欢迎。

余慰之曰："兹事余已得端绪，愿媪勿戚，且戚亦无益。一二日间，当有以报命。"

媪曰："果能得余女者，虽倾余家以寿君，余不吝也。"

余笑曰："余此行非为发财计，特怜媪之寡而丧女耳。虽然，令爱卧室中，能容余一检查乎？"

媪曰："燕去巢空，是亦何害？若在他日，固不容他人一涉足也。"

余称谢，媪导余行。既入，余见窗明几净，书籍什物，井然不紊，凡所陈列，均教育用具，不知者几疑为名士之精舍①，初不料其为处女之闺闼②也。

余曰："美哉此室！脱尽金银气与花粉香矣。"

问此室有贵重物品乎？媪曰："无也。"

余曰："有秘密信札乎？"

媪曰："自先夫见背③后，三年来罕与戚族通信，彼绿衣之邮卒，久未至蓬门光顾，余家亦未曾买过一分邮票也。"

---

① 精舍：学舍；书斋。
② 闺闼（tà）：女子居住的内室。
③ 见背：婉辞，意为去世，一般指长辈去世。

余曰："既如是，请媪暂出。余将凭此室中之物，一究此案之真相。"

媪遂退，余乃就室中所有，一一加以研究，均无可异，最后在枕边得日记一册，乃大喜过望，即从头读起，择其耐人寻味者，录之如下：

三月二十五日……今日乃于无意之间得人一信，此盖我生平第一次得人书信也。乡僻女子，鄙陋如是，宁不可笑？然中国女子，例不许与外人通信，今欧风东渐，此禁稍开，特来信所言，虽属仰慕，亦似越于礼教范围，使老父在世，睹此一书，打煞矣！今幸阿母不文，犹不妨事，然此不祥物也，留之有害无益，不如毁之。

二十六日……来书已于今日毁却，观其文字，亦颇不俗，姑裁笺报之，以观其后。

……今日一游甚快，彼诚我之知己也，然事关重大，彼之要求，我不能轻易允许，故颔之而已。四月二十日记。

急景催长夏，不旬日而暑假考试蒇事①，余幸不落人后，闻彼于校中，课试亦冠其曹，果所事而成，则一对小□□，宁不羡煞村中小儿女也？今晚月色甚佳，推窗远望，转辗思之，犹有余忻。五月既望②泚笔③。

七月四日……今日在校中又得彼一书，坚以彼事为请，情辞恳切，诚不容再拒。然此事非我能擅主，会当与阿母谋之，特羞答答不易启口也。

……怪哉怪哉！彼竟以恫吓之信畀我，岂有所恃也？我非不敬彼爱彼也，所以迟迟不决者，盖正欲借此以观其行检，今者本相毕露矣！余岂惧吓者耶？然为彼计，毋乃太愚，余亦险些儿堕其彀中也。呜呼！知人难，择人尤不易，一失足成千古恨，余几失足者也。幸自相识以来，别无暧昧之举动，否则不堪设想矣。十月二十五日记。

---

① 蒇（chǎn）事：事情已经办理完成。
② 既望：指望日的次日，通常指农历每月十六日。
③ 泚（cǐ）笔：以笔蘸墨。

噫！异已。自前月二十五日以来，余与彼未尝通信，从前种种，想已一笔勾销。讵料日来又连得可怪之恐吓书，我诚百思不得其故。且措辞激烈，酷类要挟，岂□□□□之事，彼竟知之，而欲发其覆也。然事隔经年，且远在百里外，谁复知之者？特除此事外，别无可有受其要挟者。余愈思而脑筋愈乱，不知彼果何心也，亦姑听之而已。十二月朔夜八时呵冻①。

呜呼！事急矣，奈之何！今日为十二月初四，校中预备考试正忙，而彼乃日事吓恫以撄余心，余不禁为之切齿。且来信语气，已露端倪，似于□□□□之事有关，设再置之不理，祸且立至。然此事彼何由知之，实为余此生梦想不到。呜呼！□□□□，□□为之受累，为之受惊，怨□□亦无益，直不如怨命而已。今晚，余屡思以此事告之阿母，特恐一经发表，母必悲愤无地，为儿女者，转乃难堪。故不如暂时隐忍，不欲以我心中之所踌躇者，再移赠于我母也。且彼约我于初六日在□□一面，此非可以规避者。避则祸至，故不如只身而往，与彼谈判，或且有转圜②之余地。呜呼！我心碎矣。

---

① 呵冻：嘘气使砚中凝结的墨汁融解。
② 转圜（huán）：挽回。

以上之"……"均系不关紧要之辞,为余节去者;□□□则为原文之所缺,盖既写之后,而复以墨汁涂去者,实为案中之重要关键。据理以推,□□□□必另系一事,虽非淡娥所为,实与彼有密切之关系,所谓"案中案"也。

使此案而水落石出,必可双案并发,而今之所急欲知者,共有四事:"彼"为何人?一也;"□□□□之事"为何事?二也;"怨□□亦无益"之□□为谁?三也;"在□□一面"之□□为何处?四也。而可借以为侦探之门径者,仅有一语,即"闻彼于校中……村中小儿女也"是也。

余阅毕,潜纳日记于怀,出问沈媪曰:"此间有学校若干所?"

媪曰:"女学一,即淡娥所肄业者;又高等小学一,在镇之东隅;外此则有初等小学三所、私塾若干家,均黄口稚子习'天地玄黄'①者也。"

余曰:"然!余于令爱室中,检查已遍,虽于此案不无所得,然尚不能告媪。余去去来。"

即辞出,径趋所谓高等小学校者,投刺②谒校长,托言系城中某

---

① "天地玄黄"是《千字文》第一句。
② 投刺:投递名帖。

校教授，因事道出花镇，欲参观校务，藉资①考鉴。校长欣然为余导，历观各校室，均井井有条。乡学得此，良非易易。综计学生可百余人，长者年二十余，幼者亦十三五。区为五室，余最后至甲班教室，时诸生方试国文，交卷者已大半，不顷刻而毕事。

余谓校长曰："考卷可赐一读否？"

校长首肯，余曰："阁下事冗，请便！"

校长退，余遂于教室中细观各卷，有署名"许子美"者，文理殊通畅，各卷中允推第一。细玩字迹，乃大骇，余四顾无人，即纳卷于怀。余来本为探案计，今竟到处作偷儿，讵不可笑？

余复向校长索观学生履历册，校长唯唯。余略一展视，即辞出。

行未数武②，见有一乞儿迎面来，面目黧黑③，衣服尤敝。既近，忽以竹棒叩余胫。余怒其妄，厉声叱之。

丐忽大笑曰："噫！汝饭桶也。汝欲探人，乃终日被人尾随而不自觉耶？"

余谛审之，盖老王也，因曰："将何之？"

---

① 藉资：利用某一机会作为达到某种目的的凭借。
② 武：半步，泛指脚步。
③ 黧（lí）黑：脸色黑。

王以竹棒东指曰："盍向彼森林中谈话去？"又曰："汝先往，余随后即来。"

余曰："诺！"遂东行入森林中。

未几，老王由他道至，诘余以侦探所得，余具告之，王鼓掌曰："得矣得矣！"

余曰："岂汝已得凶犯耶？"

老王曰："然。"

余曰："囚系何处？"

王曰："虽已得之，尚未拘也。"

余曰："独不虑其逸耶？"

王笑曰："若汝之高车驷马而探案，非探案也，实驱犯耳，犯又若之何而不逸？若我者，纵欲逸而不能也。"

余曰："汝何异想天开，而效西洋侦探之化妆？"

王曰："此案非化妆不办。特西洋侦探，能为学士为美人，余貌既陋而又拙于艺，唯此乞儿者，不难一学而就也。"

余曰："彼犯何名？"

王曰："不知，特知其住所耳。"

余曰："得勿误耶？"

王曰："岂有老王而误者耶？"

余曰："然则子以何时来？"

王曰："昨晚耳。"

余曰："胡急至此？"

王曰："余逆料子未必能成，故不得不阴为汝助。凡为侦探者，最宜利用时间，往往有五分钟之先后，而成败各异者。故每遇一案，时间之审定，亦为一重要问题，使遇必须及早办理之案，则虽有迅雷疾雨，亦不可因身体上之痛苦，遽尔裹足。昨夜寒甚，君膏粱子，岂肯辜负香衾，为人作嫁？即君有此心，君夫人亦未必许也。"

余笑曰："毋打诨！盍告我夜来探案之详情？"

老王曰："此案之得以水落石出者，幸赖天公之助，否则尚无如此易于发觉也。据沈媪言，淡娥以雪后失踪，时为初六日下午。夫雪中探案，有足迹可寻，较天气晴朗之日略易，然既有此时机，万不宜以懈惰失之。使大雪不已，则积雪渐高，越三四小时，足迹必全泯；使雪后天气骤晴，积雪渐消，足迹亦必随之消灭。幸自淡娥失踪后，天色阴霾，既未有大雪继续下降，亦未有猛烈之日光。昨日下午，我辈聚谈时，虽略有雪珠，亦无妨于足迹。既晚，余见天色老晴，深惧今日日出，雪为消去，故乘夜来此。甫破晓，即乘熹微之曙光，着手从事，转辗步行可十余里，费时约三点钟，而探事竣矣。"

余曰："所论足迹，理诚不谬，特今日虽晴，气候极冷，积雪不易骤消。君乘夜而来，未免劳而过虑。"

老王曰:"即此一念,已足败事而有余。今日之气候,岂昨日所能预知?今幸而发寒,汝遂有强辩之余地,万一旭日高升,积雪全消,则坐失时机,岂徒徒呼负负[①]而已耶?且足迹最易淆乱,凡凶徒所践之足迹,难保不有他人复经其地,若时日迟延既久,则足迹淆杂,真假莫辨,虽有若无,亦何取乎足迹也?故凡关于足迹之案,不容迟延顷刻。"

余曰:"善哉,闻命矣。特子平时探案,未尝化妆,今假作乞儿何也?"

老王曰:"亦有不得不然之故。彼凶犯既以吓恫之信加诸余,则谅必识我之面,使余以本相来,不几驱之使遁耶?且审查足迹必以日,不可以夜,尤必细细检查,不可草率。盖足之面积,不过纵七八寸、横二三寸,其间形式之异同,毫厘千里,故当审查之际,首当凝聚精神,合眼力、脑力而一之,乃能有效。若走马看花,鲁莽灭裂,几何而不误人自误耶?余既知凶犯之识余,故伪为乞者,一路拾取枯枝朽叶,借以俯察足迹形式之若何。丐者每当冬季,恒拾取枯枝朽叶以取暖,纵有黠者,恐亦未易识破我老王也。"

余曰:"君既知凶犯,必已知淡娥之所在矣。"

[①] 负负:非常惭愧。

老王曰:"伤哉淡娥,已遇害矣。"

余曰:"余亦预料及此,特不知彼行凶者,为何许人?暴徒欤?抑所欢欤?羡其色欤?抑劫其财欤?"

老王曰:"暴徒也,亦即其所欢也,羡其色,而亦劫其财者也。四恶具而淡娥死矣。"

余曰:"然哉,与我所探,诚所谓若合符节矣。"

老王曰:"我今再将所探各点,与汝互证如何?"

余曰:"善。"

老王曰:"昨夜汝回家后,余默思案中情形,既得一二,即命郑七雇船。船户不肯夜行,许以厚酬方可,余乃襆①被登舟,且携有破衣、饭篮若干事。既抵花镇,泊于大桥之码头下,时正四鼓。稍息,天色微明,余改装登岸。舟子大异,给以墨西哥②一,相戒勿声,舟子首肯,余乃敢放心做去。特寒风凛冽,余敝衣赤足,几不能行动,想君此时正晓窗鸳枕,饱看红腮也。"

余曰:"君又打诨矣,趣言趣言。"

老王曰:"余入手第一着,乃先查察沈氏门口。时人尚未起,左右

---

① 襆(fú)被:用包袱裹束衣被,意为整理行装。
② 墨西哥:即"墨西哥鹰洋"。墨西哥银圆,又叫"墨银"或"鹰洋",后讹为"英洋",是指1821年墨西哥独立后使用的新铸币,从1823年开始铸造。晚清民国年间,外国银元输入中国者,属墨西哥鹰洋最多。

十余丈内,足迹模糊,无可认辨。阴念据沈媪言,淡娥出门时,自言欲往学校,今姑不论其果往学校与否,初出门时,必先向学校一方面行走,否则其母必不信,脱果欲他往,亦宁由半途转折,此理之易明者也。且所谓学校,系'毓秀女学'之简称,而毓秀女学,位在沈家之西,故料淡娥必西行。余亦因之西行,约可三十余武,雪中隐隐有高底革靴之足迹。余思乡村女子,履革履者绝少,此必淡娥无疑。且尤有一证:每越二三步,足迹之旁必有一细孔,其径较笔管略大,入雪较足迹为深。沈媪曾言淡娥出门时,曾携西式女伞一,想尔时雪已晴霁,伞无所用,淡娥携此,仅以备不虞,故步行时即以之代杖,每二三步抵地一次,即此可知此路必为淡娥经过。经五十余步,已由小路而入大路(乡村间有大路、小路二种:大路系通道,小路乃由大路通入各村庄者。盖沈氏并不傍大路而居,乃由小路而通入大路者),足迹杂乱,不可复认。余循此大路,直抵女校,均无可辨识,复行抵大桥,亦无复有淡娥之足迹。大桥为余船停泊处,行人往来甚众,虽有足迹,必已践去,探亦无益。且淡娥既未抵学校,必于中途折往他处无疑,故不如循原路而返,细察所通各小路,或能得其究竟,遂折回。过女校三四十步,路旁有茅屋一,屋旁曲径蜿然。噫!此曲径之上,淡娥之足迹,固历历如画也。"

余曰:"此曲径通至何处?"

老王乃挽余至森林之南端,遥指西南曰:"此非曲径耶?彼高底革履之足迹，固犹无恙也。"

余愕然曰："淡娥至此胡为？岂作桑中约耶？然观其日记，品格甚高，殊不类此。且老王乎，君试观之，彼非偕一男子同来耶？何曲径中另有一男子之足迹耶？"

老王哑然失笑曰："聆君此言，余敢特授以一等愚字章。"

余曰："何耶？"

王曰："彼男人之足迹，非赤足者耶？岂有淡娥而与一赤足男子同行者乎？"

余曰："既无男子，焉有足迹？"

老王忽附余耳而大叫曰："呕！汝试观之。"即举其泥垢之足向余，余乃大惭。

老王又曰："全案尽在此森林中，汝可循淡娥之足迹以求之，余不复为尔言矣。"

余曰："然！然仍须与君偕行，盖恐所见或有不周，需君指示也。"

老王曰："余阅西洋小说，有所谓'傀儡侦探'者，若汝则直为'孩提侦探'矣，岂竟一步不可离我耶？"

余颔之，即携手循足迹之方向，在林中东行十余步，至一老树下，见有足迹一行，自东南来。

余曰："此即凶犯之来路也。其迹阔，必系男子，足底弯曲而不正，必系西履。且足尖入雪较深，则此男子必先抵林中，见淡娥来，遂疾趋而欢迎之。然乎？"

老王曰："然。"

复循此男子之足迹，东南行三十余步，见一石，石旁十数步间，足迹混杂，特均轻清而不重。石高可尺许，其上亦有足迹一，且有焦头之火柴心五六枝。

余曰："凶徒必先抵此处，静候多时，徘徊以自遣。又复燃火吸烟，因风势太利，火柴易灭，乃架一足于石上，低首擦火柴，借以避风。特风力殊猛，历擦火柴五六枝，终不能成燃，即纳烟于囊，不复再吸，故石际无烟灰。老王乎，尔意云何？"

曰："然哉！汝诚可谓明察矣。"

余等复依足迹之方向，向东南行，则见足迹虽同出一辙，而状态已殊，无前后深浅之可分。特左足略重于右足，且两足所开之角，约可一百二十余度，较通人所行之八字式略宽。

余曰："老王乎，余意凶徒来时，未必蓄意杀人。"

老王曰："何以知之？"

余曰："凡蓄意杀人者，心中惶急，除疾行外，步武必甚杂乱，时轻时重，不可捉摸。今足迹之距离轻重，均整齐不逾常轨，可见彼中心平稳，徐徐以行也。"

老王曰："然，更有他异否？"

余曰："有之。彼股际必生一小疮，故足迹成钝角形，且必生于右足，故右足之足迹较轻。"

老王曰："然。"由是复相偕，东南行五十余步，遂出森林。

此一带足迹，乃隐隐由一小路而通于高等小学校，与余入森林时所经之路，略成平行线。噫！余之所探，果不诬矣。特淡娥何以致死，尚不了了，乃复偕老王至老树下。此二老者，案中之大老也。

既至，见有平行状之男女足迹两行，曲屈向东北行，相接甚近，步武之距离亦甚短，平均不满一尺。

余曰："信矣！杀淡娥者，必其所欢也。此非二人携手偕行之明证乎？"

行数武，见地上足迹成◇形，余曰："噫！异已。此非用爱情之所，接吻又胡为者，岂淡娥亦浪妇之流亚耶？"

老王曰："子误矣！接吻诚有之，谓淡娥为浪妇则未必。试观彼足跟入雪极深，非向后仰拒之证耶？"

由此复转向正北，见两行足迹，虽仍为平行线，而其距离已远在三尺外，且步武极乱，轻重长短，均绝无次序。

余谓老王曰："果不出君所料，此一接吻者，实为二人争执之由。今试证以余之所探，则淡娥既为凶徒所迫，自有不得不来之故。特二人情愫素殷，晤面后，虽各有不满意处，犹不遽以白眼相向。且凶徒之所以屡次作书要挟者，非果欲其决裂，特至无可如何之际，乃以

'决裂'二字,为最后之解决。至淡娥之心理,虽深恨凶徒,然苟有可以转圜之余地,犹无不乐从。盖淡娥①之所以要挟于暴徒者,利害必至戚,故始则置之不复,终乃冒雪来此,不敢爽约。脱此事为平淡无足奇者,淡娥亦未必肯轻其千金之体,而入此林中也。故余料淡娥见凶徒后,初则携手偕行,各道契阔,继则互相讨论其所要挟之事。淡娥少不更事,被其甘言所惑,遂允之,曩②之所不满意于凶徒者,兹已消灭。特凶徒轻薄殊甚,以为淡娥虽允其所请,则此一块肉者,固已为其盘中馔,胡不一试香腮以定情?而淡娥性高洁,殊不屑为此暧昧事,力拒之,而二人之衅端开矣。故淡娥实一可怜之好女子也。开衅后,二人遂以恶言相向,淡娥以其轻薄故,食言悔约,特以其有所要挟,又不敢遽尔逃回,仍随之前行。第初来时携手,今则避去三尺耳。且此时凶徒必已怒甚,试观此一行足迹中,每越六七步,即有一极深极重之右足纹,是乃怒极跳足,而通人习惯,跳足必以右也。"

老王曰:"然哉,汝已尽得吾术矣,诚吾入室弟子也。盍再前行?"

越二十余武,已抵河滨,盖森林北临大河,河东西流,东通城厢,即老王之来路。余察阅河滨情形,不禁大骇,盖即淡娥之临命处也!河岸极高,去水可二丈许,且水面与岸坎,几成直角形,设一失足,

---

① 此处原刊为"凶徒",应系作者笔误。
② 曩(nǎng):以往,从前,过去的。

鲜有不葬身鱼腹者。

余谓老王曰:"汝试观之,各处岸坎之边缘,均有积雪遮护,形如榻边所覆之白绒毯。此处独有缺陷,阔可三尺许,由岸顶以及水面为止,此非淡娥落水处耶?又距水面二尺许,有一树根,其上血迹犹殷,试思此人迹不到之地,苟非淡娥遇害,焉有血迹?更证之岸上,自距缺陷八九尺起,男女两行足迹,遂渐渐接近,继乃混杂模糊,不可复认。特细察之,男迹恒向外(即向河滨),而足尖入雪深;女迹恒向内(即背河滨),而足跟入雪深。可知彼等自接吻地点以来,一路互相诟骂,至是,乃均不可复耐,遂起而用武。淡娥力不敌,屡屡向北退却,不意退至河边,失足倒坠水中而死。"

老王曰:"何以知其为倒坠?"

余曰:"是有二理:人体上部重而下部轻,岸又甚高,淡娥坠水时,出于不意,无把持之力,故坠至半途,必受地心吸力之感应而倒转,此其一;彼石上之血乃倒坠时碎首之证,盖时方隆冬,衣服极厚,而淡娥下坠时,与此石接触之时间又至短,使他部受伤,则一刹那间,虽有无量血,亦不易湿透重衣而染于石上,必也头部与石相撞,脑碎血流,此斑斑者,乃得留为永远之表记,以供吾侪侦探之资料,而欲头部与石撞,尤非倒坠不能,此其二也。"

老王曰:"然!然则淡娥坠水后又复如何?"

余曰:"昨日为十二月初,按之潮汐之理,属于小汛期中。据沈媪言淡娥以四时许出门,由家门以至森林,约计需一句钟[①]。入森林后,辩论与争斗之时间,虽不能妄断,然至少亦需一句钟,则坠水之时间,当在六点以后。此时潮水退落,可怜之淡娥,本一纤纤弱质,又遭破脑之奇祸,岂复能抗此东去之潮流?想必已由河而江(此河本通江),由江而海矣。且尔时天已昏黑,自其坠水处以达城厢,三十里间,人烟寥落,纵竭声呼救,亦无有应之者。然使易落潮为涨潮,则漂流至大桥两旁,犹有一线生路。无如天欲妒杀淡娥,非人力所能挽也。"

老王曰:"彼凶犯杀淡娥后又复如何?"

余曰:"此殊难说,容再探之。"即自缺陷处起,探寻踪迹。

见有足迹二行,由缺陷处起,分道沿岸东西行:其向东之一行,为往返之复叠式;向西之一行,则为往而不返之单行式。

余曰:"此往而不返之单行足迹,即系凶犯之归途;而此往返之复叠足迹,实有研究之价值。"乃复相偕以探其迹之所极。

东行二十余步,其迹顿止,即在所止之处,向东北方之八字式足迹一对,足尖入雪极深,且迹边不整齐,作叠瓦式。

余曰:"淡娥入水,本非凶徒意想所及。入水后,凶徒惶急无所

[①] 一句钟:旧称一个小时。

措，而水流极速，倏忽已将淡娥东去。凶徒至此，既无法可以救淡娥，又深恐为他人救去，而己身乃陷于谋杀之罪，故即沿岸追随至此，企足引领而望之。脱见有人援手，即可高呼'速救'，以冀自免于咎；若无人援救，或既救而淡娥已死，其罪亦可消灭于无形。故此时凶犯脑中踌躇之态，殆非言语可以形容。其足迹之所以成叠瓦式者，盖淡娥渐漂渐远，凶犯之足迹，亦不觉渐渐向前移动，殆至人影已杳，乃废然而返。此叠瓦式足迹之旁，所以又有一极深之右足印也，且人当杀人以后，脑筋必瞀乱，试观彼归途之足迹，颠蹶跛欹，有类疯者，可见心头小鹿儿，正撞个不休也。今者，森林中之探务已毕，吾侪仅须循其归途足迹之方向，不难得其匿迹之所。即彼以后之种种态度、种种计划，如何掩饰其奸计，如何寄恐吓之信于君，按图索骥，亦不难一一了如指掌。综之，三数小时间，吾侪必能得凶犯也。"

老王曰："诚如所言，特余知之已久，不容再探，探则转或误事。"言时，即从破饭篓中取出一纸，盖即凶犯致彼之恐吓信，且曰："试与若所携之考卷两验之，以证其字迹之果相似与否？"

余验讫曰："虽正草不同，而笔致则丝毫无异。"

老王曰："然则彼名许子美否？"

余曰："然。"

老王曰："是矣。彼居于河北，离此可二里许。其父名成仁，为一药商，有长者名，往岁曾行贾皖赣间，得资颇厚。兹已辍业，自营田产,将课儿以终老。孰知豚儿竟不肖如是耶!且彼仅此一子,一月前,又抱悼亡之痛,使吾辈以官厅之名义,往拘其子,固未尝不可,特恐此老难堪。且沈媪殷殷以谨守秘密相嘱,脱吾侪张扬之,恐非沈媪信仰吾辈之本意。

"且业侦探者,当诈德并用:在探案时,固无往而不利用其诈;然在平时,又无时不当以德存心。我老王之所以得享大名者,虽半由于术,而德实有以玉成之,否则术虽工,亦一下流之捕快耳!今使自食其谨守秘密之言,我老王诚一钱不值矣。故对于此案之办法,于沈媪则当谨守秘密,于许生亦当向转圜处做去。虽曰'国法难逃,杀人者死',特我国法界,黑幕千重,彼如虎如狼之官吏,强食弱肉,其敲诈之手段,有如水银泻地,无孔不入,使此案而经官,则许翁非至破产不已。沈媪丧女之痛,亦无所取偿,而许生亦仍不免于死,此岂我辈之本意耶?

"且据日记中言,□□□□必系另一疑案,且必与此案同时并发,若经官办理,则辗转牵连,必成大狱。彼狗官之欲壑,终古难填,又何苦竭吾民之膏血,以供其大嚼也?当知吾辈执业,乃保护良民,非为虎作伥,我自少而壮而老,未尝须臾离此旨。特狗官爱钱,我亦爱钱;狗官之钱取诸民,我老王之钱乃取诸官。凡有重要之案,于狗官之顶子①有关者，我辄需索不已，狗官心虽恶之，而以我之术工，亦不敢不奉命惟谨。我诚可谓取精用宏②者矣。然使遇有民委之案，则未尝妄取一钱。其有案之可以自了者，余必竭力斡旋，以'不讼'二字，为无上法门。盖余之主张不讼，非弁髦③法律也，实不愿以老百姓之血汗钱，膏虎而冠者④之馋吻。故余虽执役于官，实为官之大敌，此余之所以由探业起家，而乡党中未尝有一不直语。今沈、许两家之案，既秘密于前，亦不宜声张于后。吾侪禀诸天良，自当尔尔，尔意云何？"

余曰："然！聆君一席话，不啻听牧师之宣道也，特许生之家世及住址，君何以知之？"

老王曰："余自有术以知之，尔今姑不问。今之急待磋商者，将用何术以破案耳。"

余曰："然。"

曰："今何时矣？"

余出怀间时计观之，曰："二点三十五分。"

老王曰："逆料此时许生必已就学，散学约在五时后。余自日出至此，奔走于风雪中者已九小时，未尝就食，饥火中烧，将归船谋一饱，

---

① 顶子：清代官员的品秩以顶珠的颜色与质地为别，亦作"顶珠"。
② 取精用宏：从大量材料中选取精华充分加以运用。
③ 弁（biàn）髦：玩弄、轻视。
④ 虎而冠者：穿衣戴帽的老虎，比喻凶残如虎之人。

汝可仍诣若友人家。若友为一乡望族,成仁亦乡中长者,二人必相识。汝可恳汝友折简①招其子,云系有要事相商,余料许生散课后,得其父执②之束,必欣然来。然后汝可以相宜之法,使之自承。至必需我之处,我当自来,特此事慎勿任若友知之。"

余曰:"唯命!"遂各西东。

余友睹余至,笑拍吾肩曰:"君诚恶作剧哉!"

余愕然,阴念得非吾辈之事,已为彼所知耶?果尔,其将何以对老王?因佯笑曰:"是何说?"

友笑曰:"试猜之。"

余惑弥甚,不敢置答。

友曰:"然则余恶作剧矣。今告君,请勿疑。今晨见君来,余命稚子杀鸡享客,鸡熟矣,而君犹不来。余不敢先食,忍饥以待,彼馋口之稚子,冀欲食其余者,亦且垂涎满地矣。是非君恶作剧耶?"言已,又复大笑。

盖余友为纯粹的乐天派人物,以"谈笑滑稽"四字为养生之资,曾言二十年来,未尝一病,其功效即在一"笑"字。故余闻其说,即

---

① 折简:裁纸写信。
② 父执:父亲的朋友。

不复疑，因自谢无状，欢然入食室。

食讫，余从容问曰："君亦识许成仁其人乎？"

曰："识之。余日日上街吃茶，彼亦一茶客也。"

余曰："亦识其少君，名子美者乎？"

曰："亦识之，乃后起之秀也。"

余曰："然。余耳其名已久，今欲一面，烦君为介绍可乎？"

曰："胡不可？"

曰："既承允可，请即折简招之，约于散学后移玉至此一谈。"

曰："可。"即由稚子持函而去。

钟五下，许生果来，年可十七八，美风姿，谈吐亦颇不俗。

余念如此美少年，无怪淡娥为之倾倒，使予而为女，亦不禁怦然心动。特观其玉立亭亭，有弱不胜衣之态，谓为杀人之凶犯，非特通人之所不信，即余躬自侦探者，亦几疑所侦之误矣。

时彼以余友介绍故，称余以父执，余自谢不敢，且曰："余长君不五稔①，使以余父执自居，折福多矣。"

逮互道仰慕毕，余谓余友曰："敢有所请，君其允我乎？"

---

① 稔（rěn）：年，古代谷一熟为年。

淡娥 | 109

友曰:"第言之。"

余曰:"余与许君有密事互商,请君离此室耳。"

友笑曰:"怪哉!尝闻一见如旧者矣,未闻一见即有秘密者也。虽然,君既有所请,敢不如命?"即离室而去。

时天已渐暝,余擦火柴燃桌上之石油灯,更将室门紧闭,加闩焉。

许生睹此状,不解所以,问余曰:"先生果何为者?"

余曰:"无他,与君密语耳,请就桌旁坐,当徐语汝。"

既坐,余曰:"有老王其人者,君识之乎?"

许神色骤变,徐徐言曰:"亦尝闻之,知为有名之缉捕,特未觌面①耳!"

余曰:"此或未必,君虽不识彼,而彼乃于昨日得君一信,宁非怪事?"

许曰:"是是是……何说?余固未尝以只字贻彼,且天下岂有不相识之人,而贸然通信者?余非病狂,讵能有此?"

余曰:"此即余之所以引为怪事也。足下纵不狂,亦或时而为不狂之狂,其将何以解之?"

许不语,目眈眈视余,良久曰:"先生岂即老王耶?殊不类!"

---

① 觌(dí)面:见面。

余曰:"君诚可谓不狂而狂者矣。余虽非老王,特君既自言不识老王,又何以知余之不类?自相矛盾,君其有心病乎?"

许曰:"连日为校中课试忙迫,脑筋瞀乱,语无伦次,幸先生见恕!"

余曰:"尊作已于贵校中拜读,洵不可多得,窃恐于课事之外,君另有心病耳。抑尤有奉询者彼沈氏之女郎名淡娥者,于君有关系不?"

许大骇,放声言曰:"君岂侦探耶?余……"

余急以手掩其口曰:"君毋自误!脱一声张,君命休矣!余虽为侦探,特此来非欲损君,实欲全君,设君误会其意,是君之自杀也。当知我国缉捕,拘捕犯人,恒以黑索从事,以我之力,非不足以致此,特爱君之才,怜君之幼,不欲陷君于大辟①,故特招君于密室,会商善后之法。君解事人,谅不自误也。"

许垂首不语,泪泫然下,久之,忽自叹曰:"冤哉,冤哉!"

余大异,曰:"君一举一动,已无不为余侦悉,谅无冤屈事,而君犹呼冤何也?岂君堂堂男子,亦欲效彼穿窬②小窃之抵赖耶?抑余侦探之力,尚有所未尽耶?"

许曰:"感君高义,允为援手,余纵极冥顽,亦当没齿不忘,然余

---

① 大辟:古五刑之一,谓死刑。
② 穿窬(yú):挖墙洞和爬墙头,指偷窃行为。

淡娥 | 111

非敢抵赖，亦不敢怪君侦探之不尽力。君等既转辗探寻而及于我，手腕之灵敏，诚可谓不可思议。淡娥见杀，事诚有之，且我虽不杀淡娥，淡娥实由我而死。然使竟谓余为手刃淡娥之凶犯，余虽处于不得不承认之地，亦不得不暗暗呼冤。虽然，事已至止，夫复何言？入狱杀头，听诸天命而已！"言已，伏案痛泣。

余乃大疑，因慰之曰："余非敢妄以凶犯之名加诸君，特就侦探所及，君适处于嫌疑之地。今君既言杀人者非君，则凶犯为谁，君必知之，若能尽举以告我，君固无罪也。"

许曰："告君以凶犯之姓名乎？此殊非余所愿，盖此中有不可说者在，然为君手续上之简便计，即以我为凶犯可也。况杀人者抵，以我抵淡娥，似亦可以偿矣，君又何必过事苛求耶？矧余曾言淡娥由我而死，则我虽非真犯，实亦真犯也。余乐于死，请不复根究！"

余曰："请勿复言死！当知余本学界中人，非官厅之缉捕，兹以好奇心切，受沈媪之委任而探此，初非有捕人、死人之权，抑且无捕人、死人之必要。"

许生曰："得勿虑沈媪讼之官乎？"

余曰："此殊不足虑。沈媪虽欲诉诸官，我辈独无法以钳制之乎？"

许曰："是何说？"

余曰："无他，发其覆耳。"

许讶曰："岂君已窥沈氏之隐耶？"

曰："知其涯略耳。"

许曰："沈媪告汝耶？"

余曰："君诚愚矣，沈媪岂肯以兹事告我？"

曰："然则何由知之？"

余曰："余自有术，特不甚详耳。余谅君必知其底蕴，若能告我，感且不朽。"

许摇首曰："此大难，此大难！许氏之隐，除淡娥母女外，知之者仅三人：一先母，今已物化①；一家君，纵地老天荒，亦不肯告人；一即余也。余素慎言，亦以谨守秘密为誓，盖事隔经年，彼躬行而实践者，已长眠地下。使我辈骤发其覆，作弄孤儿寡妇，以取快一时，此岂仁者之所为？故余秉父母之教，绝口不说，生死以之。今春，余醉后无状，略泄其事于……

"噫！此人余不能告君，盖即所为真凶犯也。迨酒力既醒，乃大悔，然已无可挽回，自是刻刻不忘，深惧肇祸，孰知淡娥竟因此致命。夫淡娥何仇于我，我独何心，而肯使之死于非命耶？且我不独不能对淡娥，彼高堂之老父，泉下之老母，屡屡叮咛，言犹在耳，我虽幼稚无知，然以父母十余年来所守之秘密而宣于人，罪不在赦。即所

---

① 物化：死亡。语出《庄子·刻意》："圣人之生也天行，其死也物化。"

谓凶犯也者，其贪财恋色、作奸犯科，虽非余所指使，然推究原因，祸根实自我所肇，故谓余为主谋犯，亦未尝不可。且余与凶犯善，情好如兄弟，雅不欲以嫁彼之祸，而置之于死地，故愿以身代之。必如是，余方可以对淡娥，而对于父若母，亦可告无罪矣。"言已，复大哭不止。

余为之凄然，二人默对者久之。

余曰："以无罪而陷君于罪，吾侪为侦探者，反之天良，实所不忍。且君纵乐死，独不虑令尊大人之伤心耶？脱君愿以个中详情见告，余当谨守秘密，且决不令凶犯入狱，或且有一完美之解决。君如不信，可誓之于上帝。"盖余固耶稣教徒，觉无时不有上帝照临者也。

许闻是言，色略霁，目注视余，有间，曰："余非不信君，特与君初觌面，于理不能遽信，使有老王在，余当信之。盖余虽不与老王谂，亦尝于城中见其人，老成持重，谅不余欺。且其侦探之名望，更足以增长其信用也。"

余曰："君言诚当，欲致老王，亦非难事，盖彼固在此村中也。"

许曰："然则君辈偕来耶？"

余曰："然。"

曰："无怪侦探之易于收效矣。"

语未竟，突有人自后拍余之肩，视之老王也。余骇异不置，许更愕然，反视室门，扃闭依旧，诚所谓飞将军从天而降。

特时有许生在座，余不便细诘其术，姑延之坐，且曰："君既来，可以使许君信任矣。"

老王曰："此即所谓'必需我之处，我当自来'也。顾子粗忽殊甚，许君之非为凶犯，至可辨认，乃必转辗诘问，且必许君自言后，方始知之，其罪余不尔恕。"

余曰："何谓耶？"

老王曰："何谓耶？岂汝健忘耶？汝不尝言凶犯瞿足疾耶？许君步履，固依然完好也。"

余大悟而惭，许不俟余置答，即欣然曰："果不误！彼近日股际固患一疮也。岂老王君已见之耶？抑何神耶？"

老王曰："非神也，据所探耳。老夫无状，几累君于危，今虽将昭雪，已饱受虚惊。君诚不幸，抑亦诚幸耶？"

许曰："幸赖君辈耳，否则祸且不测。然君长者也，谅不食言背约！"

老王曰："何约？"

许曰："即不罪凶犯，不宣布沈氏之秘密耳。"

老王曰："幸官人勿过虑，君既信余，余岂肯自失其信？且老夫耄矣，生平未有失德事，今岂愿诱骗官人，留一污点于世界，使后人吐骂骸骨耶？纵不以物议为怀，诉之天君，其能自已耶？故关于凶犯之生命问题，于沈媪一面，余可独力担承，勿任兴讼。而沈氏之秘密，

淡娥 | 115

则出诸君口,入乎吾二人之耳,使更有第四人知之者,亦唯吾老王是问!"

许曰:"既如是,余亦何吝于言。然君等侦事之程序,可得而先闻之乎?"

老王曰:"是何难?"即顾谓余曰:"若为彼言之。"

余乃举所探者,一一详告弗隐,至凶犯出森林而止。

许曰:"出森林后又何如?"

老王曰:"是非彼所知矣,吾为君续言之。凶犯既出森林,遂西趋大桥,过桥,折而东北行,循小路以抵君家。时天已昏黑,虽有新月而光线殊弱,不足以照行人,且雪地泥泞,步履至困,故足迹欹斜不可名状。今晨,余循迹抵君家门首,见哀状(又名门状,俗名丧牌)高悬,知太夫人于月前仙逝,而状中下文列名者仅二人:一为杖期夫[①]成仁,即令尊大人;一为哀子子美,即君也。余念犯此案者,必非仆役,而凶犯又入于君家,则非君即君父耳。然君父不惑矣,且有长者名,在理不至为此。君春秋正富,且为新学界中之新人物,万一羡欧美之自由而与淡娥恋,则杀淡娥者非君莫属。后又于学校中得君课卷,字迹与余所得之恐吓信,似出一手,故余遂妄断君为凶犯也。"

[①] 妻入门后,曾服翁或姑或太翁太姑之丧,妻死,夫称"杖期夫"。

许曰:"君虽误断,然技亦神矣,使为他人者,恐尚不能疑及我,抑且转害无关系之良民也。君知凶犯入余家后,又复如何?"

老王曰:"既入君家,室内之举动,余无从着手侦探,唯知其深夜又出耳。"

许曰:"何以知之?"

老王曰:"余见有同样之足迹,由君家东侧门而出,曲折东南行,至一烧饼店而止。店距板桥可二十余武,桥与大桥相距里许而平行,为君每日入学校之所必经。然余察阅地势,知君等入校,以由大门直南而至河滨,再东折以达板桥为便,使非别有事故,不必由侧门出入。且此行足迹,仅至烧饼店而止,宁非可异?而足迹之中途,复有一人体颠躓形,距此五步之外,有一已熄灭之鸭蛋灯(纸糊小灯笼)。故余料此时必为深夜,凶犯秉烛而出,半夜,失足仆地,烛灭,遂并灯而弃掷之。"

许生曰:"善哉!以君所探,证吾所知,诚不爽毫厘矣。不知彼烧饼店尚有异闻否?"

老王曰:"有之。当余探此时,余作丐装,不能向店主细询,询恐见斥,转乃败事。然使易常人妆,则店主亦必起疑,且又安知店主与凶犯非同谋者耶?果尔,则直警告凶犯而使之逸耳。故余计不出此,

淡娥 | 117

徐徐徊徘店之四周，伪为瞽①丐，随行随号，人莫之疑。店故冷寞，邻居亦仅四五家，类多窭人子。会有一童子自店中跳跃出，蓬首垢面，鞋而不袜，年约十五余，想系店主之馨儿。余四顾无人，以手招之，不来，乃自怀中出银币一，示以予意，果来矣。

"余乃挽之至静僻处，谓之曰：'汝欲得此一元乎？'曰：'焉得不欲？特子行乞不易，未必肯予我耳。'余曰：'余极愿予汝，余固非丐者也。'曰：'然则汝为怪物耶？岂有既有一只羊，而犹穿此破衣服耶？'余曰：'请弗问我为何人，即呼余为怪物可也。然使汝欲得此一元，当答我一问。'曰：'何问耶？问道耶？请说来！'余曰：'昨夜汝家有客至乎？'曰：'有之。前村王妈妈，曾来余家为阿姊说亲事，将以阿姊配诸前村之李皮匠。余滋勿愿，阿姊亦勿愿，而我母乃力主之。今日尚须请算命先生占八字也。'余曰：'有他客乎？'曰：'无之。'余曰：'有生客乎？有男客乎？试细思之。'童熟思良久，突然笑跃曰：'得之矣。'余急止之曰：'勿跃！勿哗！静言之！'童曰：'昨日夜深矣，我已就寝，突有一体面男客来，叩门借笔墨。时余父甫脱衣，尚未……噫！余不言矣。'言次②，目炯炯注视余手中之墨西哥，双瞳弗稍瞬。

---

① 瞽（gǔ）：瞎。
② 言次：言谈之间。

"余会其意,即举而畀之,且曰:'使言而善,虽更畀汝一元,余吝不也。'童曰:'信乎?'余曰:'余岂谎汝者?可辄言之!'曰:'时吾父犹未睡,即启纳之,盖一少爷也。'余曰:'汝识之乎?'童曰:'虽不识之,而容貌殊熟。余恒见其出入许氏之门,想或为许家少爷,亦未可知。特不可必耳,意吾父必知之也。'余曰:'彼来为何?'童曰:'彼随身出信纸、信封各一,向吾父借笔墨作书,吾父即出记账用之旧笔、破砚与之,且曰:"公子家有精美之文房四宝,何必借此?"客曰:"余有急事,不及回家也。"吾父颔之,顾吾家仅有一长方木桌,日间,工作在于是,饮食在于是,夜则加破絮一张,即为我之卧榻。而我家小阿二,亦辄附我骥尾,以共分此一条破絮之余荫。时小阿二已鼾声呼呼,余虽卧,犹未入梦,故听之殊了了。特以余兄弟二人已卧,室中遂无写字桌,余父乃移烛于桶炉(烧饼店用以焙饼者)之上,去其余物,一任客书之。客据炉立书,手腕运动至速,其挥笔乃有如戏台上张飞之舞矛,彼教我写上古大人之瘌痢①李先生,必自叹勿如也。特天公不作美。往者,吾家例以夜膳后即熄炉,不复卖饼。昨日大雪,冷甚,而余二岁之小阿妹,又复屡屡便溺,衣裤濡湿,妈妈乃添炭于炉,借烘此肮脏物。客作书时,乃彻去之,时炉火尚炽,客作

---

① 瘌痢:因感染黄癣导致生疮而秃头。

书毕，易书信封，不意书堕炉中，竟兆焚如。客大窘，索纸于余父，允以重酬，吾父无以应，继乃觅得一褙心纸与之，客又据炉立书。特此时炉火甚炽，纸幅又大，而炉面殊小，纸之上幅，遂半覆于炉口，炭火熏之，遂作黄色……'"

老王言至此，即顾谓余曰："记取，所谓'凹凸不平之桌面'，盖即炉面也；所谓'尺径之圆'，即炉口也……"又曰："童子曰：'客书毕，即褶叠而纳诸怀，出银币一，畀吾父曰："偿君纸资，且请勿以此事泄诸人。"余父不敢受，强而后可。客既去，余乃跃起，捉吾父之须，且曰："阿父得此傥来物①，可为余置新衣，弗则明日买猪蹄一斤，烹享全家，亦策之上者。"阿父勿许，谓将返诸客，余固求之，则大怒，操杖挞余之股。噫！此岂即余所望之猪蹄耶？今既得君一元，可以偿矣。'余曰：'今更畀汝一元，汝可将此事忘之。'童曰：'君岂疯者耶？既有其事，焉能遽忘？且忘与不忘，岂人能自主？'余曰：'所谓忘者，非欲汝自忘也，乃不告人之谓耳！'童曰：'不以客来事告人耶？余业已告汝矣。君岂疯耶？不则何反复若是耶？'余曰：'非也！不告人以我曾问汝耳！'童曰：'然！然则并父母而亦不告耶？'余曰：'然！'曰：'脱父母诘以此钱来处，将何以置答？'余曰：'谓拾诸途中

---

① 傥来物：意外得来之物。

可耳!'童曰:'如约。'余曰:'虽然,余怪物也,脱汝告人,余将于夜间摸汝之头,汝惧乎?'童曰:'惧甚!特不告人,君固不来。我不告人者也,又何惧?'遂又取一元,欣然而去。"

老王谓许生曰:"余侦探之所得,已尽于此矣,请罄君之说,如何?"

许曰:"善哉!君等诚可谓神乎其技矣!此案头绪纷繁,不可究诘,而我又适当疑窦之冲,君等纵疑及我,我实弗讟①,盖使我而探此案,固亦必疑及我也。然君等以凶犯目我,而我实亦一伺察凶犯之侦探。君等探于外,我乃探于内,不谋而合,自是异事。然必我所探者与君等所探者合,而后君等之探务,乃可完全无缺。今请言之。

"沈父静盦,初以孝廉游幕于鄂,颇有所蓄。越数载,陡发异想,纠资为县令,倾其蓄之大半,始得签发江西。听鼓②十年,上峰恶其陋,都不之用,乃大窘,黑貂之裘③敝,动产尽入长生库④中,而其官运乃愈不显,几至不炊。时余父亦设肆于赣,以同里故,时或周济之。

"一夕,沈媪忽来肆购信石⑤,余父大骇,疑其自尽也,辞弗有。媪

---

① 讟(dú):怨恨。
② 听鼓:官吏赴缺候补。
③ 黑貂之裘:代指豪华昂贵的衣服。
④ 长生库:寺院开设的当铺。
⑤ 信石:"砒石"的别称,制作毒药砒霜的原料,因产于信州(今江西上饶县一带)而得名。

固固哀求,谓生而日坐愁城,不如速死。余父得其情,即以麻醉药予之,冀其死而复生,则静盦乃有所防范,否则纵不与之,彼磷寸[1]、阿片[2],亦何尝不可致死?此吾父之仁术也。

"翌晨,乃突发现一异案。初有鄂商某,饶于赀,静盦客鄂时,与商往还颇笃。一月前,商以事去沪,道出江西,走访旧雨[3]。时静盦状至不堪,且必日吸鸦片若干,商怜之,慨解青囊,赠以二百金,俾了宿负[4],且曰:'宦海沉沉,胡效老马之恋栈?且鸦片丧财、伤身,尤宜力戒。今以一月为期,吾去沪而归,使君烟癖已除,当偕往鄂地,为君于商界中谋一席地,月亦可得数十金,将来脱有机缘,仍可干禄。'静盦允之。

"至是,商自沪归,腰缠绝巨,见静盦烟癖未除,而瘾乃益大,则大愠,欲绝裾去。静盦强留之,且设肴洗尘,自谢无状,实则与乃妇谋,鸩以信石,弃其尸于野,而己则乘夜尽卷其资以逃。幸所用信石,即吾父售出之麻醉药,故客越数小时,即复清醒。鸣诸官,捕不得,商遂索然返。此十年前事,时余年仅七龄,淡娥亦相若,故虽有所闻,

---

[1] 磷寸:火柴。
[2] 阿片:即鸦片。
[3] 唐代杜甫《秋述》:"常时车马之客,旧,雨来;今,雨不来。"谓过去宾客遇雨也来,而今遇雨却不来了。后以"旧雨"作为老友的代称。
[4] 宿负:旧欠的债务。

亦恍惚如在梦中。

"越五年，余父挈眷属返里，则静盦已自营田产，面团团作富家翁矣，特恒深居简出，不闻世事，故乡中均以名孝廉目之，然使遇吾父，则又戚戚不自安。吾父固长者，置不复问，彼遂得保其首领以没。今虽事隔经年，而案卷尚在，脱一发表，则冤有头，债有主，沈氏一家，岂复能享此清福耶？此即淡娥家之秘密也。"

余及老王均鼓掌曰："如此异案，诚可谓不可思议矣！"

许生曰："至若淡娥，则实一聪慧娇小之可怜女子，非其父若母所可比拟。以余醉后失言，竟陷彼于杀身之祸，余罪诚不可赎。至彼凶犯果何人，实余之中表①杨漱石也。杨长余一岁，少孤，吾父抚之如己出，幼即与余共笔砚，及长，复同校、同班。余以无昆季②故，处之有过于骨肉，而杨亦爱余甚笃，且行检③、学问，均胜余一着，故余弥敬之。今春，余醉后妄言，渐泄淡娥之秘密于彼，初不料其起而与淡娥恋，故其举动，均未着意。

"近数日，行动乃大异，心神恍惚，辗转若有所思，虑其有病，诘之，则曰'否'，且曰后当使我知之，余遂不复问。前日为星期，下

---

① 父亲的姊妹之子为外兄弟，母亲的兄弟姊妹之子为内兄弟，合称为"中表"。
② 昆季：兄弟。长为昆，幼为季。
③ 行检：操行，品行。

午,雪尚未已,彼即拂衣径出。余曰:'将何之?'曰:'有要图。'时余方温课,心虽异之,亦未究诘。既夜,彼自外归,神色沮丧,步武颠跛类癫者。晚餐时,手执箸,抖动不已,额际汗涔涔下,食未半簋①,即起坐去,兀坐室中,默不一语。

"余食讫,就询之曰:'若果病耶?抑患热病耶?今日寒甚,我辈围炉而不觉暖,独兄流汗,讵非病征?'答曰:'吾非病,请勿诘!'余兴辞出,甫及门,忽又唤余曰:'美弟来,余有所询。'余即退回,彼曰:'汝亦闻老王其人耶?'余大异,念何以遽问及此,即曰:'余尝闻之,盖有名之缉捕也。'曰:'其术如何?'余曰:'神甚!有"东方福尔摩斯"名,兄岂不知耶?'彼曰:'我固知之,特以问弟耳!'余曰:'兄胡问及此?'曰:'今日在校中,见案头有西洋侦探小说一册,读之饶有兴趣,故偶以老王问弟耳!请弟勿疑!'余曰:'诺!'遂退出,仍入室中温课,而心乃滋惑弥甚。

"盖彼之所谓'请弟勿疑',岂非使我大疑耶?余知彼素性不喜阅小说,学校中亦取缔小说甚苛,岂有敢以小说公诸案头者?且彼外出时,固尝自言有要图矣,不要图之是务,乃入校中阅小说,纵黄口稚子,亦莫之或信。有间,彼入余室,向余索信笺、信封,云将作书贻

---

① 簋(guǐ):古代盛食物器具,圆口,双耳。

友。余予之，意必入室作书，乃不片刻，又复持灯外出。其灯，即君等所谓鸭蛋灯也。越一时许，彼匆促归，手中不复携灯，归即就卧。其卧室与余仅隔一板，余闻其浩叹终夜，为之不怿者久之。

"次晨，余盥漱甫毕，即邀彼早餐就学，而其室已阒然，乃大骇。十二时，余自校归午食，见彼犹未归，心知有异，即秘密搜索其室中各物，俾破疑窦，然均无所得，殆搜遍始图穷而匕首见矣。

"噫！此何物？盖一幅蛮笺①，满渍泪痕者，非淡娥初次损彼之书耶？然余犹未计及淡娥已死，或者漱石既与淡娥恋，而淡娥之母从中阻挠之，漱石不得如愿，遂情急而疯耳。一时，余复赴校试物理，四时返，则漱石已病卧榻上，其状至惫。余就慰之曰：'兄之所事，弟已知之，请弗亟亟，会当禀诸老父，代为撮合，当不难成事。'漱石喟然曰：'水流花落，往事皆空；地老天荒，此罪难赎。'余异而固诘之，乃尽吐其实，与君等所探者，一一若合符节，谓彼爱淡娥，乃爱其学，爱其色，而又羡其家产，唯淡娥落水，实出无心，且深悔当时鲁莽，欲自杀以谢淡娥。余力劝之，谓兹事诚不幸，然使幸而无人发其覆，诚属大佳，万一不幸而发觉，则误杀非故杀可拟，罪当末减，漱亦颇然之。此即淡娥见杀之详情，亦即我内部侦探之详情也。今事已发觉，

---

① 蛮笺：唐时高丽纸的别称，亦指蜀地所产名贵的彩色笺纸。

尚望君等勿食前言，否则余以不守秘密而杀淡娥，更因此杀漱石，余罪滋大，义不容生也。"

老王曰："吾辈岂食言者？请勿虑！"

许生曰："至于余之见疑于君等，亦理所当然，然余亦有自为开脱者。其一，漱石股际患疮，而余实不患，此老王君已言之矣。其二，淡娥日记中所言'闻彼于校中，课试亦冠其曹'，此指暑假考试而言。暑假时，漱石列第一，而余则因病未预考。此次年假考试，实始于昨日，而昨今二日，漱石均未到。君等不察，误暑假为年假，此疏忽处也。其三，余之最难自解者，则余课卷之字迹，与老王所得恐吓信之字迹同。殊不知漱石与余，自少即同习《砖塔铭》①，日必临摹五六纸，数年来不少懈，故二人字迹，虽吾父、吾师，亦不能认辨。余家中有字稿甚多，君等固不难一证之也。"

许生言竟，目视老王，老王曰："汝可归矣。请致意漱石，谓事已化为乌有，幸勿过戚。诘朝②，当有佳报。"

许生去，余等同诣沈媪，告以详情。

媪大号，欲讼诸官，余等力阻之，谓："官心至酷，有甚于扑人之

---

① 《砖塔铭》：即《大唐王居士砖塔铭》，其帖正书纵横各十七字，刻于唐高宗显庆三年（658），上官灵芝撰文，敬客所书，明代万历年间于陕西终南山出土。
② 诘朝：清晨，也指明日。

狗，讼则两败俱伤，而淡娥仍不得活。今媪老矣，漱石之杀淡娥，实出无意，且彼父母俱亡，依许氏以为活，然崭然头角，固非老死布褐①者，不如婿而子之，以了淡娥之愿。使彼奉淡娥之木主②为妻，长则置妾以续两家之嗣，计亦良得。使果欲讼诸官，则前事发表，其将何以自为计耶？"

媪意颇动，久之乃曰："漱石果能事余如淡娥否耶？"

老王曰："脱有忤逆情事，老王可独当之。"

媪首肯，案遂结。

归途，余问老王曰："余与许生密谈时，君何由入室？"

老王曰："此无足异。余本与君友谂，其家仆役，亦颇识余。君等就食时，余乃造其家，贿其仆役，自入室中之床下，谓将与主人恶作剧，以博一辨。且戒仆役勿声，故君与许生之谈话，余历历不爽。至需我时，突然而出，此不过自显其奇，以为解嘲。盖余侪执业至苦，非此不足以自娱也。"

---

① 布褐：粗布短衣，借指平民。
② 木主：木制的神位。上书死者姓名以供祭祀，又称"神主"，俗称"牌位"。

福尔摩斯大失败

数年前，世界大侦探福尔摩斯自英伦来上海，以不谙世故，动辄失败，《时报》[①]曾揭载其事[②]。

福大愤，遄[③]回英伦，探务之余，悉心研究中国社会之种种色相，其苦乃大有类于苏秦之刺股[④]。

近日欧洲开战，国际侦探及军事侦探大出风头，寻常之裁判侦探，生意清淡，几至无人过问。

福经费困难，柴米油盐酱醋糖，无一不当挖腰包，而其友华生，

[①]《时报》：中国近代报纸。1904年6月12日在上海创刊，是戊戌政变后保皇党在国内创办的第一份报纸，实际创办人是狄楚青。
[②] 1904年12月18日，陈景韩（1878—1965）于《时报》发表"福尔摩斯探案"仿作《歇洛克来游上海第一案》（著名"冷血戏作"），堪称中国近现代"滑稽侦探"小说之肇始。1905年2月13日，包天笑（1876—1973）又于《时报》发表《歇洛克初到上海第二案》，接续冷血之作。之后陈、包二人便以接力的方式，分别创作了《呜啡案》（歇洛克来华第三案）和《藏枪案》（歇洛克来华第四案），均刊于《时报》。
[③] 遄（chuán）：快，迅速。
[④] 战国时苏秦读书想打瞌睡时，就用锥子刺腿。后以"刺股"比喻勤学苦读。

复于下动员令时，入伍充常备军，故居恒寂寞，无过从者，因叹曰："此非久远计，盍往东方？"移时①，忽自椅跃起，曰："去去！时不可失！此行既可得利，且可恢复已失之名誉，一举两得，讵有不去者？"

越四星期，上海礼查饭店有一新客至，所携箱箧，较他客为多，盖均为化妆之具。

明日，西文之《字林报》②《文汇报》③《大陆报》④，华文之《申报》⑤《新闻报》⑥，咸刊载一惹人注目之广告，曰："大侦探家密司脱⑦福尔摩斯，新自英伦来，凡有以案件见委者，请至礼查饭店十四号接洽。"

于是吾书乃开场。

---

① 移时：经历一段时间。
②《字林报》：亦作《字林西报》，英国在华发行时间最长的英文日报。1864年7月1日作为《北华捷报》（1850年创刊）的附刊在上海创刊。
③《文汇报》：上海早期新创办的英文晚报。1879年4月17日在上海创刊，创办人为英商开乐凯（John D. Clark）和李闻登（C. Rivington）。
④《大陆报》：上海出版的英文日报。1911年8月29日正式在上海发行，创办人为美国人密勒（Thomas F. Millard），一说由孙中山出资委托密勒创办。
⑤《申报》：近代中国历史最长的中文日报。1872年4月30日在上海创刊，由英商安纳斯脱·美查（Ernest Major）等集资创办。
⑥《新闻报》：近代中国与《申报》齐名的商业性日报。1893年2月17日在上海创刊。
⑦ 密司脱：英语 Mr. 的音译，意为"先生"。原文亦出现"密斯忒""密司忒"等译法，今统一为"密司脱"。

第一案　先生休矣

福尔摩斯方静坐，忽一客推门入。

福起立，延之坐，曰："先生将何以教我？"

客曰："余慕先生名，今来此，将一试先生识力，苟能以我之身世、职业、性质、境遇，及近日之行动，一一告我而无误者，当酬五百元。"

福曰："可！"因注视其人，凝神良久，曰："言君身世，必是旧家①，太封翁非道台②，亦知县，然耶？"

客曰："君姑不问然否，恣言之可耳！"

福乃续言曰："君门阀既高，资产复富，故能受优良之教育，得高等之职业。君虽不能断为外洋留学生，亦必为本埠注重西文之学校卒

---

① 旧家：指久居某地而有声望的人家。
② 道台：清时道员的别称。

业生。君之职业有二：一为报馆之译员，一为学校之西文教习[①]。君性质勤谨，求学甚殷，然绝爱运动，尤嗜踢球。君已娶妇，夫人必系富家女。君所入颇丰，处境亦甚宽裕，惟身兼二职，能者多劳耳！昨日，君必与人踢球，及晚，入报馆译欧洲战报，必大忙，午夜方睡。君身体强健，乃系运动所致。尊姓为王，大名为雪兰。君之问，余已答毕，君谓然耶？"

客曰："请解释其故。"

福曰："君气宇不凡，一言一动，颇有高自位置之概，吾故知君出自世家，所谓少爷态度也。君衣履翩翩，不类寒士，且愿以五百元试吾之识力，吾故知君资产甚富。君举止文明，类非不受教育者，右手第二指，染红墨水一滴，乃西文教员之特别符号，左手持《字林报》一张，因知君为报馆译员。盖华人除报馆译员外，读西报者甚少，君目眶作红色，似失睡者，吾故知君必为译员，且知君昨夕译件必甚多也。

"君体格坚实，不与普通之东亚病夫类，吾故知君必喜运动。君履尖沾有干泥，履口略有裂纹，裤之近膝处，亦沾沙泥，似向前急行而蹶者，非踢球，不能致此。且踢球必以昨日，盖昨日为星期，君不必上

[①] 教习：旧时指教师、老师。

课，故日间可以从容踢球，若在前数日，泥迹必已脱去，不复可见矣。

"君左手第四指，有一指环，乃定婚之符号。华人喜早婚，大家尤甚，以君之身世，虽年不满三十，亦必已合卺，此可断言者。指环之上，嵌一精圆大珍珠，其值绝昂，非富家女，焉能以此为定情物？君纽扣间悬一甚粗之金表链，虽表在衣袋中，余不能见，然以意度之，表链既粗，表必为播喊牌①打簧金表②，此等精致之物品，非处境宽裕者不办。君外衣甚都丽，衬衫之领口，乃有汗垢，因知君事务繁冗，能者多劳，不暇计及内部之装饰物。

"至君之姓氏，乃于君所持白巾角上所绣之英字 Wang Sih Lai，拼其音而得之，固无所用乎侦探之观察也。"

客大笑曰："福尔摩斯先生，休矣休矣！君言之滔滔，实未能猜得半字也。实告君，吾一马夫耳。君言余气宇不凡，余乃效法古人，以'晏子之御者'③自命，君未之知也。君言余衣履翩翩，不类寒士，处上海而以衣履相人，大谬大谬！吴谚曰：'身上穿得软翩翩，家里呒不夜饭米。'君竟未尝肄业及之。

---

① 播喊（BOVET）是 1822 年在广州创立的瑞士钟表品牌，当时所制造的顶级怀表特别受到清朝皇室贵族的钟爱。
② 打簧表：怀表的一种，又称"问表"，能按时发出声响，或按推杆使它报出时间，便于夜间或盲人使用。旧时进口的打簧表，大都是金壳，颇为贵重。
③ "晏子之御者"典出《晏子春秋·内篇杂上》。御者，即驾驶马车的人。

"君又以余以五百元试君之识力，为余家产豪富之证，实则余妙手空空，不名一钱，徒欲与君捣乱而已。君若欲请我吃外国官司，则余正求之不得，盖可休养精神，吃现成饭矣。君又以余举止文明，必受教育，实则上海人除乡曲外，殆无一不染文明气。妓女且作女学生装，马夫独不可作男学生装耶？

"今晨余洗擦马车，车中座位之前，有一小镜台，其抽屉中向有粉纸、雪花粉、胭脂等物，以为太太若姨太太不时之需。余洗擦时，指间偶染胭脂一滴，君竟误为红墨水，且以余为英文教员，君自思之，恐亦将失笑。

"余手中有西报一张，乃两星期前所购，君试观报上所印日期，即可自知。余购此报，亦有历史。两星期前，余于夜花园中有所遇，谓其人曰：'吾乃某洋行之买办。'其人似信非信，余欲实其言以媚之，因购西报一张，每日清晨，坐黄包车，驰过其门，目则注视西报，不少他顾，一似买办进洋行办事者然。未几，其人果信，实则余目不识欧皮西，倒持报纸，亦不自知也。昨夕，老爷若姨太太，命余驱车至大舞台，观贾璧云①《打花鼓》，一时剧散，复入番菜馆②大嚼，三时

---

① 贾璧云（1890—1941），字瀚卿，江苏扬州人。花旦名家，早年艺名"小十三旦"，曾与梅兰芳并称"南贾北梅"。
② 番菜馆：西餐厅。

回公馆。至四时，余方睡，故目眶红肿，而君以余为译战报，谬也不谬？

"余既为马夫，身体自必强健，固无需乎运动。昨夕，余车至大马路、浙江路①口，电车阻于前，而马行极急，惧肇祸，急自车跃下，紧扣马勒，讵用力过重，前蹶于地，故膝际、履尖均沾泥，履口亦裂。

"西俗，定婚必以指环，华人则为普通之装饰品。余之指环，系向人滑掣而来，所嵌为宝素珠②，其值不及数元，君乃谓余娶得富家女，余实无此艳福也。余有链无表，遇所相识，若有叩我以钟点者，则以表停对，实则袋中摸不出表也。且此表链为镀金品，值仅一元二角，君以为精致之物品，又以为处境宽裕之代表，何重视之至于如此耶？余辈出空心风头者，若手中急据，内衣不妨付之长生库中，外衣则地老天荒不可或缺。余内衣已旧敝，而外衣犹楚楚，正不离是项定律，君以为能者多劳，何善误耶？

"余手中白巾，系姨太太助妆品之一，所绣字，即其名。渠③本不识西字，某女学生与彼善，绣以贻之。昨晚，姨太太遗巾于车中，余于今晨洗擦时见之，谅渠此时方高卧，不遑查及此，故携之出，助我

---

① 浙江路：今上海市浙江中路。
② 宝素珠：指在玻璃珠外表涂一层鱼鳞胶质而制成的具有珍珠般光泽的人造珍珠，又称"赛珍珠"。
③ 渠：方言，他。

出风头。君第辨字音,即可知决非男子之名,再加以侦探上之观察,何至一误至此耶?

"先生休矣!上海非英伦,君昧于事理,福尔摩斯之大名,未必能卖得几钱一斤也。"

福惭甚,默不一语。客扬长去。

第二案　赤条条之大侦探

福尔摩斯书空咄咄①,自叹曰:"侦探犹商业也。吾有侦探之才,而无商业之识,宜乎如孔子之在陈也。今战事方殷,英、法、德、俄以富闻于世,而金融阻滞,商业凋敝,犹亟亟不可终日。余不安于本国,襥被来此老大之窭乡,计亦左矣。去年,上海暗杀,前后多至二十六案,破获者仅夏粹芳②一案。余苟以尔时来,定可满载归去。今暗杀案

---

① 书空咄咄:晋人殷浩被黜放,终日以手指向空中书写"咄咄怪事"四字。后比喻失意、激愤的状态。
② 夏瑞芳(1871—1914),字粹芳,江苏青浦(今上海市)人,1897年集资在上海创办商务印书馆,并出任经理。1914年1月10日,被陈其美派遣的刺客暗杀身亡。

已成'广陵散'①，侦探市面，遂大坏而特坏，吾亦……"

忽电铃锵然鸣，福急就听筒询之曰："若何处？"

曰："四马路沐春园浴堂。"

曰："何事？"

曰："有要事！望君速来！余在特别间近窗第二炕，已电致忆泰公司，嘱放一摩托车逆君。君来时，幸弗露侦探形迹，脱伴为余友，来与余共浴，则大佳。"

福曰："诺！谨如命！"

未几，摩托车来，呜呜一声，登车而去。

中途，自语曰："彼以摩托车来，必系富翁，且案情必甚巨，我能破之，酬款且以万计，今可大展所长矣！"思至此，不禁狂跃。

车夫大骇，回首问之曰："先生疯耶？坏吾车，当偿百金。"

福以其沮兴也，怒叱之曰："若无礼甚，再哓哓者，当以巨掌搁汝颊，且以外国火腿饷汝。汝得毋怖！"车夫果怖，不复言。

既而至浴堂，下车入门，至特别间第二炕，见有一四十许之绅士，方静俟，睹福至，起迓曰："候君已久。余已浴毕，且去矣。"

福亦佯作其友之口吻曰："余诚歉，适以事冗，故迟迟来，幸弗见

---

① 广陵散：琴曲名。三国魏嵇康善弹此曲，秘不授人。后遭谗被害，临刑索琴弹之，曰：《广陵散》于今绝矣！"后亦称事无后继、已成绝响者为"广陵散"。

罪。"因就坐，堂倌泡茶、绞手巾、送拖鞋如常例。

少顷，其人附耳语曰："福君，余为上海珠宝商领袖，今日来此就浴，怀一皮夹，中有绝大之钻石十颗、精圆珠二十四颗、红蓝宝石各十二颗，估其值，当在十万金之上。乃入浴时，忘未交柜，及出，已不翼飞。余惶急无措，几欲号啕，继思号啕何益？不如镇静，且幸君在沪，因以电话招君，脱君能破此案，当酬二草。"

福曰："二万耶？闻命矣，容吾思之。"乃举其炯炯之目，遍察室中诸人，自语曰："某也可疑，某也可疑。"旋去其衣，语其人曰："吾今入浴，浴室蒸汽，可助吾思。浴毕，当得端绪。"

其人曰："善！吾谨候君！"

福入浴室，绞思竭虑，越半时许始出，则其人已去。

堂倌曰："君友言有要务，已先去，浴资付讫矣。"

福愕然，回顾炕上，则己之衣服已乌有，炕下革履亦不见，乃大骇，面赤如火，期期谓堂倌曰："彼、彼、彼胡往？"

曰："彼谁耶？其君友耶？吾恶能知！"

福曰："然则吾之衣履何往？"

堂倌指壁间所悬之金字小牌曰："堂内衣物，各自留心。倘有遗失，与店无涉。"又曰："君进浴时，余仿佛见君友为君收拾衣履，后乃卷作一团，匆匆出门去。余本拟阻之，继以彼为体面人，且曾与君倾耳细谈，意必为君至友，故不便干涉。彼至门次，即为君付浴资。

此系《小说名画大观》第二十三册（胡寄尘编，文明书局／中华书局，1916年10月初版）所收录《福尔摩斯大失败》（第二案）之插图。

既去，移时复来，在此榻略坐，以'有要务先去'语余，即一去不来。吾所知尽于此矣。"

福恼甚，以拳抵几，大呼负负，自顾其体，赤条条如非洲之蛮族，而举室数十人之眼光，又莫不集于其身。

少顷，堂倌又曰："先生殆受骗耶？然先生外国人，吾闻外国有大侦探福尔摩……噫！忘之矣。其名颇难忆，似是摩尔福斯？现方寓礼查饭店，盍招之来，当得端绪。"

福既愤且惭，不能成一语，漫应之曰："且勿！"

堂倌去，自思一丝不挂，安能返旅馆？欲购新衣，又不名一钱，惶急之余，几无以为计，忽跃起曰："得之矣！"急奔就电话处，振铃曰："礼查饭店，速接速接！"

电既通，福曰："君礼查饭店理事耶？"

曰："然。"

曰："吾为十四号客，速启吾门，为吾取衣履若干事，饬馆役送来！"

曰："十四号钥先生已携去，馆中无同式者，恕不能效力！"

福大窘，念钥置衣袋中，今衣既黄鹤①，钥亦随之，将何以归？思

---

① 唐代崔颢《黄鹤楼》诗："昔人已乘黄鹤去，此地空余黄鹤楼。黄鹤一去不复返，白云千载空悠悠。"后以"黄鹤"比喻一去不返的事物。

至此,几欲泣下,旋又反身至炕际,默坐凝思。瞥见顶际壁间,悬一呢帽,察其状,知为己物,急取下。

帽中有一小函,函面曰:"请先戴帽,乃启此函,否则不利。"

福果先戴帽而启之,中有一纸,其文曰:

沐猴而冠之福尔摩斯先生鉴:

今与尔戏,幸勿哭,哭则尔爸爸、妈妈且扶尔。尔欲求解脱法,速看炕几之反面。

福吁气如牛,掷其帽曰:"彼以我为猴,欺我过甚!"然无奈,姑翻炕几而观其反面,则粘有二纸:一为当票,字迹曲屈如薜萝①;一为名刺②大之小纸,文曰:

不值一笑之福尔摩斯先生鉴:

先生之寿衣、寿鞋,暂借一小时,兹方质③于此浴堂门外之原来当铺中。尔指间有一金约指④,速质之,易赎衣履,抱头回去

---

① 薜(bì)萝:薜荔和女萝。两者皆野生植物,常攀缘于山野林木或屋壁之上。
② 名刺:载有姓名、职位等,用来自我介绍或作为与人联系的纸片,即"名片"。
③ 质:抵押。
④ 约指:戒指。

可也。

福曰："吾竟为狗辈播弄矣！"然事既如此，遵命而外，殆无他法，因细察当票，知质价为十二元，然实贴板上，不能揭下。无已，谋诸堂倌，许以重酬，脱约指付之，嘱令背负炕几，至质肆易赎衣履。

堂倌初不肯，终乃许之。少选，携衣履一束至，袋中钥匙、纸片均无误，唯少时计一，及纸币五元、铜元若干。

福亦置不复究。

堂倌曰："约指质得十四元，赎去十二元一角，余一元九角。"

福以四角酬之，急披衣，怀一元五角，雇黄包车回旅馆。

甫至馆中，司事①予以一小包，曰："三分钟前，一华人送来，嘱转致先生。"

福启之，则所失之时计、纸币、铜元，均如数无误，且有银元十三枚，草二茎，信一纸，文曰：

绝无仅有之傀儡福尔摩斯先生鉴：

  时计、纸币、铜元均奉还，附呈十三元，可补足之，以赎

---

① 司事：指官署中低级吏员或公所、会馆等团体中管理账目或杂务的人员。

约指。

余与尔戏，损失一元，尔反赚得数角，即作汝糖饼资。吾于尔小囝囝①，不得不宽宥也。

尔欲得二草为酬，今奉上，以偿尔愿：一为莸草②，即以彰尔之臭；一为不我忘草，劝君毋忘今日之辱。

第三案　试问君于意云何……到底是不如归去

密司脱歇洛克·福尔摩斯鉴：

君所事辄不成，亦窘甚矣。吾与子，均为大不列颠人，谊属同胞，不得不于黑室中启一线之明光，为君向导。

君怀不世才，欲于中国建不世业，其事易于反掌。君不见夫

---

① 囝囝：方言，小孩子。
② 莸草：古书上指一种有臭味的草。

黄浦江头，巍然赫立之新铜像，非吾英人赫德①耶？又不见夫古德诺②、有贺长雄③、丹恩④辈，非以异国之客卿，而佩中国之嘉禾章⑤，吃中国之大俸大禄耶？

今中政府缇骑⑥四出，侦探密布，日以缉捕乱党为能事。为君之计，莫若效力于政府，今日破机关，明日捉头目，则他年嘉禾章也，大俸大禄也，铜像也，铁像也，殆无一不可操券以待。

余居沪久，深知乱党情伪。现彼党之交通机关，乃设于南市小东门洋行街撒尿老爷庙之旁，其附近地中，且有一窖，以储炸弹。今夕八时，党人将利用月食之时机，以图大举。君可速往，

---

① 罗伯特·赫德（Robert Hart，1835—1911），英国政治家。1854 年来到中国，1863 年正式接替担任海关总税务司，1908 年休假离职回国，1911 年死于英国白金汉郡，清廷追授其为太子太保。在担任晚清海关总税务司任内，赫德创建了税收、统计、浚港、检疫等一整套严格的海关管理制度，还创建了中国的现代邮政系统。

② 弗兰克·约翰逊·古德诺（Frank J. Goodnow，1859—1939），美国政治学家。1913 年曾到北京任中国政府的法律顾问，于 1915 年发表《共和与君主论》，认为共和制度不适宜中国，为袁世凯的复辟制造舆论。

③ 有贺长雄（Ariga Nagao，1860—1921），字帚川，法学博士、文学博士，是当时世界一流的国际法专家，在中国清末留学日本热潮中，他是很多中国青年的老师。1913 年 3 月起出任中华民国政府法律顾问，经历袁世凯、黎元洪、冯国璋、徐世昌四任总统，1919 年辞职。

④ 丹恩（Richard Morris Dane，1854—1940），英国殖民地长官，盐税专家。1913 年袁世凯政府与五国银行团缔结善后大借款后，出任财政部盐务稽核总所会办，成为当时中国盐政的掌管者。在任期间，丹恩主导了中国的盐务官制、盐税征榷管理制度、食盐运销制度、盐业生产方式等诸多改革。1918 年回国。

⑤ 嘉禾勋章（Order of Golden Grain）设于 1912 年 7 月，授予有勋劳于国家或有功绩于学问、事业的人，授予等级按授予对象的功勋大小及职位高低酌定。嘉禾即生长得特别茁壮的禾稻，古人视嘉禾图案为吉祥的象征。中华民国成立后，嘉禾图案取代清代的龙纹经常出现在货币、徽章上，并具有简易国徽的性质，但当时对嘉禾图案样式并未作明确规定。中华人民共和国成立后，国徽图案中仍然保留了嘉禾元素。

⑥ 缇骑：红衣马队，本为汉代执金吾的侍从，后世用以通称逮捕罪犯的官吏。

若能发其覆而获其魁,则一生可吃着不尽。当知高官厚爵、妻财子禄,即在此一举。

幸勉图之,余当拭目以观其成。

爱慕福尔摩斯者 台姆夫儿谨上

是日为阴历七月十五日,福尔摩斯读此英字函时,壁钟已三响。

福读竟,躞蹀①室中,往来可百余回,时喜时惧,时而搔其首,时而拍其股,为状至不一。既而跃然起,作决意状,曰:"去去!时乎不可失!"

一点钟后,福至洋行街,见所谓撒尿老爷庙者,状实诡异绝伦。

其庙无屋宇,仅于沿街之墙上,启一穴为庙门,穴绝小,几不能容一人,老爷则端坐其中,穴外墙上有"诚求必应""有求必应""威灵显赫"之小木牌甚多。

福不知其为匾,强断之曰:"此中国革命伟人之纪功牌也。"

墙之下端,去地约五六尺,字迹驳杂,杂以画纹,极陆离光怪之大观。其中最普通之字迹,为"王阿宝十八八""张阿狗不是好东西",

---

① 躞蹀(xiè):往来徘徊。

又有阿拉伯码及不成文之英字母；最普通之画纹，则为龜状之龟形，𩲡状之小鬼形。

墙之隅，为一尿坑，光顾者络绎不绝，依稀有丝竹之声，仿佛有芝兰之味。坑之上方，残纸剥落，字迹隐约可见，其文为"京都同德堂下疳①散""小便肿烂丸""专治横痃②散"等，吉光片羽，至可宝贵。

福曰："余来此大增识见，此盖中国革命党人所用之隐语及暗号。王湘绮③修史，苟未及列入文学史以光篇幅者，余当修函告之，且当按《中华小说界》投稿之例，索取千字一元至五元之酬劳。"

庙门之旁，左右各绘黑衣客二，貌威武，帽绝高。

福曰："此盖有汉图功臣于麒麟阁之遗意，此四人服西式之礼服，必为革命先烈无疑（按：此为壁间所绘之皂隶）。"

正对门口，有香炉及烛台，香烟缭绕，烛光熊熊。其下膜拜者至多，均为女子，装绝艳，面际铅粉，可刮下作团，胭脂之红，有过于血。貌则沟水为神木为骨，橘皮如面帚如眉；年则非不惑即知命，或且七十而从心所欲；音则不类上海产，谈吐间，时有"只块拉块"等

---

① 下疳：指生于男子外生殖器之疳疮。
② 横痃：由下疳引起的腹股沟淋巴结肿胀、发炎的症状。
③ 王闿运（1833—1916），字壬秋，又字壬父，号湘绮，世称湘绮先生。晚清经学家、文学家，咸丰二年（1852）举人，曾任肃顺家庭教师，后入曾国藩幕府。辛亥革命后任清史馆馆长。著有《湘绮楼文集》等。

字,"呢"字尤多。

福曰:"此中国革命女杰也,何罗兰夫人[①]之多耶!"

(按:撒尿老爷本为财神,后因其旁有尿坑,因上尊号。今城河浜、小东门一带之花烟间[②]人物,生意清淡,则往祷之,老爷遂垄断是项权利矣。此系纪实,非臆撰也。)

福徘徊于尿坑之畔,就目前所见,一一研究其理,加以测断。绞脑汁,竭心血,不知金乌[③]之西坠。然卒以罗兰夫人太多,不敢妄动,且去者去,来者来,欲一一尾随,势有所不能。无已,姑俟之,意谓彼党既欲起事,其魁必来,苟能识破,随之可也,乃蜷伏尿坑之旁,饱享异味,不少动。

月既上,乃有二男子过其前,至庙门。

逡巡移时,甲曰:"今已妥矣。再越数时,事已大……"

乙曰:"然!今日诚难得之机会,彼辈尚醉生梦死,殊可笑也。"

甲曰:"我等当速去,彼辈必已在彼处静候我等宣布命令也。"

乙曰:"然!弗再言,恐隔墙有耳!"言已,相率径去。

福尔摩斯曰:"得之矣。彼等恐隔墙有耳,独不虞隔坑有耳耶?"

---

① 罗兰夫人(Manon Jeanne Phlipon,1754—1793),法国大革命时期著名的政治家,吉伦特党领导人之一,被梁启超称为"近世第一女杰"。
② 花烟间,旧指最下等的妓院。
③ 相传日中有三足乌,因此称太阳为"金乌"。

急蹑足起，尾其后，见二人意殊自得，曲折行狭巷中，不少回顾。

巷中行人亦绝少，既而闻甲鼓掌言曰："此事殊幸。君知英国名探福尔摩斯在沪否耶？若政府用此人，吾党败矣！幸所用者为一般之饭桶侦探，日日捕风捉影，冤及良民，甚且挟嫌诬指，吾辈乃得措置裕如耳！"

福闻之，以其誉己也，心大慰，继闻乙答曰："君误矣！福尔摩斯徒有其名耳，若与吾辈较，行见其入三马路①外国坟山②去也。"

福闻而大怒，切齿曰："狗！若覆巢在即，犹欲得罪老子耶？"

未几，出巷，入一荒寂之广道中，又行半里许，二人进一败园。

园中有孤立之楼房一座，屋已旧敝，梯亦坏，似久已无人居住者，窗中洞黑，不透灯光。

二人至其后方窗下，甲拍手三声，楼上即有吹唇声应之，旋即有一绳下垂。甲乙次第缒绳而上，入室中，即不复见。

福大异之，略停，即奋身至窗下，拍手如数。

楼上果应以吹唇声，绳亦下垂，福即力挽之，楼上人亦挽之使上。

不意甫及半，足离地可三四尺，楼上人忽停挽，同时楼下有三人自黑暗中出：其一，自后搂其腰，以巨索一，紧捆之，系其端于下垂

---

① 三马路：今上海市汉口路。
② 外国坟山：即洋人公墓。

福尔摩斯大失败 | 147

之绳；其二，则各掣其左右足，以较小之索二，分系之，引向左右方，紧结于近地之柱脚。

福之足，遂作"人"字式，不能动。三人布置既竟，复登楼，如法系其两手，向上作倒"人"字式。

时门外炮声大作，福呼救，邻右不能闻，无应之者。

甲乙二人乃复出，笑谓之曰："福君，如何？台姆夫儿福汝，汝今竟为蜘蛛矣。汝胡不自谅，一见挫于马夫，再见挫于浴室，亦可以止矣。今复癞蛤蟆想吃天鹅肉，岂以上海为无人也？实告汝，汝所受三次挫折，均我辈所为。嘉禾章、大俸大禄、铜铁像，今举以奉寿。"

言竟，即以与铭旌①相似之白布一幅，悬诸福之胸前，上有大字曰："此为大侦探福尔摩斯，过者应行三鞠躬礼，以表敬仰。有解之者，男盗女娼。"复谓福曰："试问君于意云何？"

福哀告曰："此乡不可居！到底是不如归去！望速解我，吾当明日首途，遄回英伦，决不敢再与诸君敌。若不解，明日天明，观者蠢集，吾将何颜以见江东父老耶？"

二人大笑曰："善！善！俟半侬②续记君之失败案时，再为君解缚可也。"

---

① 铭旌：丧礼中在灵柩前的长幡，由有名望的人署名题写死者的姓名、官衔、封赠、谥号。
② 本文初刊时作者署名为"半侬"。

第四案

华生曰：

余与余友歇洛克·福尔摩斯，自合居培克街①相识而后，旦夕与共，友谊之密，可称世界上无第二人。至吾结婚，虽不得已而离居，而吾友每值疑难案件，犹必邀余为助，故过从仍密。

吾所述《福尔摩斯侦探案》，因此得成洋洋大观，风行于世，是不特老福一人之幸，余以蹩脚医生（华生尝从军，左足受创），仆仆追随其后，虽属饭桶的资格，而以连带关系，能使世人咸知伦敦有华生其人，于以名垂不朽者，亦吾华生之幸也。

顾吾友探案，失败者多而成功者少。世人读吾笔记，眼光悉注于成功一方面，遂谓福尔摩斯具神出鬼没之手段，"世界第一侦探"之头衔，舍此公莫属。不知业侦探与业医同，业医者遇伤风、咳嗽之轻病，

---

① 培克街：即贝克街（Baker Street）。《福尔摩斯探案集》中，福尔摩斯与华生合居时住在伦敦贝克街 221 号 B。

自无所用其手段,然使一遇重症,又大都茫无把握。幸而所投之药中,人遂称之曰"国医"、曰"圣手",登报揄扬之,唯恐介绍之力之不尽,而彼医生者,亦遂以"国医""圣手"自居;不幸而所投之药不中,其人不起,病家不按医理,亦只归诸天命,不复责及医生。故现今"国医""圣手",多至不可胜数。昔人称为车载斗量者,今恐用火车装载之,亦势非百年不能蒇事也。

读者当知,此盖吾躬为医生者所发良心之言,初非欲抹杀世间一切"国医""圣手"。苟世间一切"国医""圣手"视吾言为不当者,但请返躬自问,平时高车骏马,恃人之疾病以为活,对于他人之疾病,心中究有把握否耳?然吾在悬壶之时,为饭碗计,亦决不肯以此语形诸笔墨。

今则处身于陆军医院中,日治伤兵病卒,数以百计,心力既瘁,乃不得不发为愤懑之论。盖吾平时,见病者辄喜,喜其一痛一痒、一疮一疖①,多可化为我袋中之金钱。今则俸少而所任烦剧,欢迎病者之心理,已随炮响枪烟俱散矣。但吾此时所论者为侦探,吾为医者之西洋镜②,既自行拆穿,乃不得不折入本题,以拆穿吾友福尔摩斯之西

---

① 疖(jiē):一种局限性皮肤和皮下组织化脓性炎症,俗称"疖子"。
② 西洋镜:民间一种供娱乐用的装置,匣子里装着画片,匣子上有放大镜,可见放大的画面。因最初画片多西洋画,故名。比喻故弄玄虚借以骗人的行为或手法。

洋镜。

吾与福尔摩斯相识，至今已二十年，在吾笔记中，有年代可考。倘吾友果为"世界第一大侦探"者，则平均每十日探案一事，吾笔记当在一千万言以上。此二十年中，吾日夕握笔，尤恐不及，又何暇行医？何暇得与老福同出探案？而一观吾已成笔记，为案仅四十有余，为字仅五十万，又何其少耶！是可知吾友失败者多，而成功者少。吾以爱友之故，记其成功而略其失败，亦犹他人之登报揄扬，称吾"蹩脚医生"为"国医""圣手"耳。

故吾在培克街时，尝谓老福曰："得友如我，子可死而无憾！他日我死，子可辍业，否则令名不能终保。"老福亦深韪余言。

乃不图欧洲大陆，战祸一发，老福遽以生意清淡之故，襆被东游，遂致笑话百出，为一中国人名"半侬"者所知，举其落落大端，刊而布之于世。于是老福之声名扫地，而吾二十年笔记之心血，亦从此尽付东流，此诚可仰天椎心而泣血者矣！

彼半侬者，吾不知其为何许人，虽所述未必尽虚，而坏人名誉，亦属可恶！异日吾至上海，必请台姆夫儿大律师，控之于会审公堂，请其一享外国官司之滋味也。

顾一年以来，老福为人吊于檐下，作蜘蛛之状，死生未卜。吾每一念及，忧心如捣，今不知果作何状也。

（柯南·道尔所作《福尔摩斯侦探案》，开场多用缓笔，此篇用华生口气,戏效其法。)

吾书至此,忽侍者将一函入,视之,福尔摩斯手书也,喜极,急启读之。

乃读尚未已,吾浩叹之声已作,盖福尔摩斯又闹得笑话矣。书曰:

老友华生惠鉴:

自与子别,月圆已二十余度矣。近来子在前敌,刀刲之事,想必甚忙,系念之至。若问吾老福日来何作,则简约其辞,但有"惭愧"二字。好在吾辈莫逆之交,吾即尽举来华后失败情形以为君告,君亦不忍翘其食指,刮吾脸皮也。吾前此受人侮弄,想君已于《中华小说界》中见之。今兹所言,即赓续其说。

吾自尔日被恶徒辈缚于檐下而后,爱我如君,谅必深为吾忧,谓万一久缚弗释者,不冻死,亦饿死,而吾则处之淡然,不以为苦。盖吾得天独厚,筋骨与人不同,能冻能饿,即绝我衣食至于十年百年,吾亦弗惧。所惧者,口中不衔烟斗,臂上不打吗啡,则为时虽仅一日之长,亦祇可索我老福,于酆都城①内矣。

然吾所缚之处,对面适有一纱厂,厂顶烟突②绝大,不分昼

---

① 酆都城:旧时迷信传说中的阴司地府,人死后的去处。
② 烟突:烟囱。

夜，突口恒有黑烟飞卷而出。而一昼一夜之中，风色时时变换，苟此风而自对面吹来者，则风即我之烟斗，足令突中之烟，尽入我口。吾第张口狂啖之，可不名一钱，而烟瘾自过。

华生，君不尝于新闻纸中，见去岁七月二十八日，上海大风灾之事乎？此日上海人民，不论贫富贵贱，咸瑟缩如落厕之狗，不敢出门一步。而吾则以大风适自对面吹来，终日张口吸烟，其为乐趣，虽南面王①不易也。

至于吗啡，吾亦有天然之吗啡在。此天然之吗啡非他，蚊而已矣。通人遇蚊，必拍之令死，吾则以其嘴有刺入肌肤之能力，为用不减于吗啡针，而嘴中所含毒汁，亦与吗啡相若。因舒臂引领以招蚊，蚊乃群集吾体，终日不去，因之吾瘾得过而吾命可保。

此不得不首先述之，以为老友告慰者也。

此保命问题述过而后，其次一事，即系向君索贺。盖此时吾已娶妻，且实已娶妻，不复如前此共探"密尔浮登②一案"时哄君

---

① 南面王：泛指王侯，谓最高统治者。
② 密尔浮登：即查尔斯·奥格斯特斯·米尔沃顿（Charles Augustus Milverton），专门收集丑闻再向当事人加以勒索。本注释及后续注释中涉及到的"福尔摩斯探案"篇名及人名的译名，均以群众出版社于1979—1981年间出版的《福尔摩斯探案集》（全五册）为准。

矣（见《福尔摩斯侦探全集》①第三十二案②）。至吾得妻之故，亦可为老友约略言之。

吾所缚之处，其前既有一纱厂，故每值晓日初升及夕阳西下时，诸女工之出入纱厂者，咸粥粥③自吾前过。为时既久，其中乃有一人，年事与吾相若者，忽钟情于余。初则每过辄以秋波相送，次则进一步而为交谈，更进一步而言及情爱，终则此人竟毅然决然释余之缚而与余结婚。

余虽向抱独身主义，至此亦不能坚持到底。是盖因吾妻姿首极佳，能于燕瘦环肥两事中之第二事，独具登峰造极之妙，而其面目，亦特别改良，与众不同。老友苟就吾所寄照片四帧中第一帧仔细观之，当知余言之不谬。

倘老友责余以堂堂大侦探，不应娶此女工以自卑声价者，则吾敢反诘老友曰："尊夫人亦一坐冷板凳之私塾先生耳（见《全集》第二案④），幸而生在英国，无须检定，倘生在中国，而又不

----

① 《福尔摩斯侦探案全集》，1916 年 5 月由中华书局出版发行，全套 12 册，共收录当时已有的"福尔摩斯探案" 44 篇，是民国初年非常经典的文言译本，译者有程小青、严独鹤、周瘦鹃、天虚我生、常觉、小蝶、刘半农等。
② 第三十二案《室内枪声》，常觉、天虚我生译，载《福尔摩斯侦探案全集》第九册，今通译作《米尔沃顿》。在该案中，福尔摩斯为了偷信，与米尔沃顿的女仆订婚，这也是第一次出现福尔摩斯婚姻的内容。
③ 粥粥：鸡相呼声，引申为众口藉藉，声音嘈杂。
④ 第二案《佛国宝》，刘半农译，载《福尔摩斯侦探案全集》第二册，今通译作《四签名》。在该案中，华生与其第二任妻子梅丽·摩斯坦相遇。

福尔摩斯大失败 |155

幸检定落第者，恐欲求为一女工，而能力尚有所不足也。"

故愚夫妇美满之姻缘，老友必当致函申贺。异日欧洲大局戡平①，苟老友有兴，愿骑骆驼，负药囊，张竹布招牌，至上海作走方郎中卖狗皮膏药者，吾当向黄宝和买老酒一斤，向舢板厂桥北江北小菜场买野鸡一只、白鸽成双、老蟹两对，嘱内子操牛刀割之，和五味烹之，令君一尝新妇调羹之滋味也。

吾娶妻而后，闺房之乐如何，谅与君娶得密司②毛斯顿③时，大致相仿，兹不尽述。

唯余初来上海，系借住礼查旅馆，今则已于乌有路赁一三层楼洋房居之，门口悬一铜牌，曰"福公馆"。另有一牌，则署"私家侦探包办一切五花八门疑难杂案"字样。有此二牌，吾之场面乃大阔，以视伦敦之培克街，直虱与牛之比矣。

吾公馆中，有书记一，赵姓，吾恒称之为密司脱赵；打字人一，李姓，女郎也，吾称之为密司李。二人办事，颇勤劬④，而且丰貌亭亭，颇足为吾福公馆生色。然吾初意仅拟聘一打字人，不欲兼聘书记，后乃受此书记之挟制，不得已而聘之。此事实吾福

---

① 戡（mǐ）平：平定；安定。
② 密司：英语 Miss 的音译，意为"小姐"，亦译为"密斯"。
③ 毛斯顿：即梅丽·摩斯坦（Mary Morstan），华生的第二任妻子。
④ 勤劬（qú）：辛勤劳累。

公馆成立以来第一宗贸易，亦吾近来失败史中之最可笑者。

以君老友，不妨为君一述其梗概，君苟欲列入笔记者，不妨记之。盖成败常事，吾老福决不讳败，初不若世人之假惺惺粉饰场面，抹杀一切成败是非也。

吾公馆中之书室，设于楼下，室有一窗，前临大道。密司李受吾聘而后，吾即于此窗之下，设一打字桌，为其治事之处。

此室有左右二门：左方之门，外通应接室，即吾延见宾客处；右方之门，内通起居室。

吾妻日间离寝室而后，即在此室中做针线，或捧一《闺蒙训》读之；有时亦读《女孝经》及《百家姓》，颇用功。然性绝妒，终日处此起居室中，不离一步，且时就门隙中外窥书室。其意盖以密司李风貌既佳，与吾日夕同处一室，吾爱妻之情，或不免分一支流，及此娟娟之夥。故吾在书室时，吾妻必紧守起居室弗舍，以两室相连，声息都闻也。

然吾初聘密司李之时，吾心中如古井之不波，视密司李为神圣不可侵犯，决无丝毫他意，亦不知雄狐绥绥①，日伺其侧，名花有主，无俟他人也。

---

① 绥绥：安泰的样子。

乃一日，余与一客在应接室中谈话，约一小时，客退。

余入书室，斗见临窗之写字桌，已移于屋角距窗极远之处，密司李则兀坐桌旁，面有愤色，木木弗语。

余问其何以移桌之故，摇首不答，但举一手指起居室。

余不解，入起居室视之，则吾妻虎虎然箕踞而坐，双眉倒竖，其形如帚。

余急问所以，而余妻不答，问之再三，始怒骂曰："好好，汝弄得这个婆娘来，还亏你问？"

余极意曲媚①之，俟吾妻气平，始得其故。盖当余在应接室时，窗外有一美少年，隔窗与密司李作喁②语。余妻见之大怒，责其不应如此，致误公事而妨福公馆体面，故令其移桌远窗。

乃余急慰吾妻，言："夫人此举甚当，但请夫人息怒，勿因此小事，致中怀愤懑，以伤玉体。当知此女既届妙龄，有一情人，于理亦不可深责。夫人试思，吾二人之爱情，不亦即起于……"

言至此，吾妻之怒已释，吾乃出面密司李，请其勿以此事介介。

---

① 曲媚：曲意奉承。
② 喁（yóng）：低声。

"密昔司①之所以请君移桌者，盖恐此间办事时间之内，一涉情爱，不免误公。至每日公事已蒇，吾夫妇万无干涉君辈情爱之理，君其勿存蒂芥！"

密司李闻此慰藉之言，意见立归冰释，仍治事如故，然自此以后，每见余妻，辄引避不遑，而遇我则益形亲密。

此所以益形亲密之故，谅亦初无他意，不过一家之中，所与接谈者不过吾夫妇二人，今吾妻与彼，既不甚洽浃②，则以比较的言之，对我自觉分外亲密。

然我既来东方有年，已深受东方社会之熏染，华生，汝试以东方的眼光，为吾设想：吾既置身于三层楼洋房之中，门前高悬"福公馆"之招牌，而一窥内部，为吾福老爷奉巾栉③者，乃仅有吾妻一人，虽吾妻秀外慧中，足握世界美人牛耳，而就吾身价言之，仅此一妻，得弗嫌其勿称耶？于是多妻之思想涌突胸中，几于不可复遏，私念一日得如愿以偿，储密司李于金屋之中者，不特吾可骄汝华生，且可作东方阔老矣。

乃吾妻神经极敏，于观察事物之术，不特胜我百倍，即思想

---

① 密昔司：对已婚妇女的称呼，为英语 Mrs. 的音译，置于姓名之前，亦译作"密歇斯"。这里特指福尔摩斯之妻。
② 洽浃（jiā）：融洽，亲近。
③ 奉巾栉：伺候梳洗，谓充当妻室。

之缜密如吾兄梅克劳甫①,亦望尘莫及。吾自心中蓄此奢愿后,初未尝语诸他人,而吾妻即已洞烛②余隐。

一日,余外出探案归,入书室,忽不见密司李,问诸吾妻,吾妻笑而不答,固问之,始言:"彼以汝贼头狗脑,不怀好意,业已辞职去矣!"

余曰:"辞职亦未尝不可,但吾为主聘之人,彼胡不俟我归后,向我面辞?此中究竟,汝知之否?"

余妻曰:"此恶得而知之!虽然,人且视汝肮脏物为可憎,见汝之时,秽毒如触路莩③,又焉能久待汝耶?"

余闻是言,心知此必吾妻为梗,即亦不复多问,默然归书室,爇④雪茄吸之。

嗟夫!华生,此时吾脑中情状,较之昔日莫礼太⑤迫我时(见《全集》第二十五案⑥),有过无不及也。

越二小时,约当下午三点钟,忽有一小使,持一函至。

---

① 梅克劳甫:即迈克罗夫特·福尔摩斯(Mycroft Holmes),福尔摩斯的哥哥。
② 洞烛:明察。
③ 莩(piǎo):饿死的人。
④ 爇(ruò):点燃;焚烧。
⑤ 莫礼太:即詹姆斯·莫里亚蒂(James Moriarty),福尔摩斯的头号死敌。
⑥ 第二十五案《悬崖撒手》,严独鹤译,载《福尔摩斯侦探案全集》第七册,今通译作《最后一案》。

启之，其中悉系数码，不着一字，形为：

18｜26，14｜13，12，4｜4，26，18，7，18，13，20｜2，12，6｜18，13｜7，19，22｜11，6，25，15，18，24｜20，26，9，23，22，13‖2，12，6，9｜15，12，5，18，13，20｜12，13，22‖

既不类中国之电码，又不类日本人杜撰之乐谱，而且系打字机所印，不着笔迹。

余思之再三，终不得其解，及吸完五斗烟，打过十针吗啡，始恍然悟曰："此数码之中，每一支点（,）之内，至多不出二位之数，而此种二位数，又至多不出二十六，是可知此种数码，必用以代二十六字母。其直竖｜必为一字之断处，双竖‖必为一句之断处。今姑顺字母之序，以A为1，B为2，推而至Z为26试之，则首字18为R，不能独立，其次二字为Z、为N，亦不能拼成一字，则此种解法，已完全失败。"

更思之，英字之中，单一之字母而有意义者，厥唯A及I二字。今书中第一字为单一字母，姑拟为之A，则无论顺数、逆数间一字数间二字数，终不能得十八之数。更拟之为I，则适为逆数之十八。

余乃大喜，急依逆数之序，续数其次二字，则26为A，14为M，合之为am，更合上文为I am，则不特有意义可寻，而且适成一开端语。

吾乃大喜，自言曰："汝辈虽善作怪，究不能逃得吾老福之眼光也。"因次第译之，则全文为 I am now waiting you in the Public Garden. Your loving one.（译言：我方俟君于公园中。汝所爱之一人上。）

嗟夫！华生，余一见信中作如是语气，直不禁喜极而狂矣，因立取冠杖，伪为吾妻言："有要事须出探。"遂出门雇街车，驶赴白大桥公家花园①。

比至，一跃而下，以为彼如玉如花之密司李，必已在绿荫深处迟我矣，乃入园而后，遍觅不得吾意中人踪迹。吾往来奔走，额汗涔涔，几至人皆视我为狂易，而密司李仍不见面。

吾心大恨，以为此人与我无仇，何必作此恶剧?！已而定神思之，不禁自叱曰："呸！尔福尔摩斯一愚至此！上海之公园有二，一为西人公园，华服者不得入。今密司李御华服，在理既不能入此西人公园，则虽书中未言中国公园，仍当于中国公园求之为

---

① 公家花园（Public Garden）：既是上海、也是中国第一座公共园林，今名"黄浦公园"。

是。"因立即奔出，双足击臀，拍拍作响，直抵中国公园。

则吾挚爱之人，果在园中迟我也，于是一跃而进，紧握其手，且喘且言曰："密、密、密司李，吾至爱之密司李，汝奈何初则令我猜哑谜，继则与我捉迷藏以窘我耶？"

密司李曰："我爱，我候汝久矣，望眼将穿，深恐光线之不足，致偾①吾事。今则我爱果来矣！"

余曰："迟迟吾来，诚所甚歉。但光线之说何谓耶？"

女笑曰："大侦探，此语简而易解，独不能以意会之耶！"又曰："吾自遇大侦探而后，仰慕之私，随时俱进。虽大侦探已有妻，未必肯移其至高至贵之爱情以爱我，而私心自愿，窃欲得大侦探一垂青眼；虽大侦探终身以奴婢视我，亦在所不辞。乃此念甫起，主母已窥知余隐，罢吾业，驱吾出，且恫我后此永永不得一蹰福公馆之门！否则必以门闩断我足。嗟夫！余于彼时，柔肠寸断，恨不能蹈黄浦以自了。不知汝既为吾灵魂中之宝贝，亦会一心动否？吾今请汝来，盖欲……"

余不俟语竟，即揽之于怀，而慰之曰："吾爱，汝勿急！吾必有以处汝。吾妻悍毒异常，乘吾不备，辱吾心爱之人，吾誓必悉

---

① 偾（fèn）：败坏，破坏。

移爱妻之情以爱汝。且吾妻丑甚,以视汝,直牛粪之于玫瑰,吾非呆愚,岂有不爱玫瑰而嗜牛粪者耶?"

言至此,密司李向吾嫣然一笑,复俯弄巾角,若不胜羞。

吾爱情之火,乃大炽于中,不能自遏,立抱密司李而吻之。

乃吻甫着颐,密司李忽尽力推余于一旁,愤愤骂曰:"若龌龊鬼,亦想吃天鹅肉耶?"言后,掉首疾步出园而去,须臾已不见踪影。

余呆立园中,不解所以。谓其不爱我耶,则胡为招我来园?谓其爱我耶,则语甘于蜜,又何以因一接吻之故,遽弃我不遑?思之思之,终不得其故,而夕阳西下,天已暝黑,不得已,遂怏怏而返。

是日之夜,余脑海中如装一马达,镗鞳不息,自一鼓、二鼓、三鼓,以至于五鼓,而天明矣。而密司李所以招我、拒我之故,仍无从探悉。

早餐后,以昨日所探之案,尚未结穴,即置此事于一旁,出治正业。

至傍晚归来,而吾妻亦适自外归,面有愠色,问其何往,则愤然曰:"娘家去的。"

余恐撄其怒,不敢多问,但以巧言令色曲媚之,俾勿作虎吼以骇鸡犬,而心中则惶惑弥甚,以为不知彼又探得何等消息,致竖其帚眉，翻其血唇以向我也。

明晨，余又出，比归，则应接室中已有一客在，华人，年不过十八九，自出名刺曰："密司脱赵。"

余问："客来将以何事见教？盗案耶？谋杀案耶？捕拿党人耶？凡此种种，兄弟皆可包办。约期竣事，探费从廉。"

客曰："否！非盗、非杀，亦非党人。但有一照片，吾得之于人，今欲完璧归之，而不审可否，故急欲求大侦探一为解决之耳！"

余曰："照片案乎？兄弟从前亦办过多案，如《情影》[1]一案，为波黑米亲王[2]所委任；《掌中倩影》[3]一案，为英国外务大臣倭伯氏之夫人[4]所委任（见《全集》第三、第三十八[5]两案），均彰明较著，世界咸知者。不知足下以此案见委，其情形如何？"

客不答，但摇首吟诗曰："满园桃李花，只应蝴蝶采。要要草下虫，尔有蓬蒿在。"

---

[1] 第三案《情影》，常觉、小蝶合译，载《福尔摩斯侦探案全集》第三册，今通译作《波希米亚丑闻》。
[2] 波黑米亲王：即波希米亚国王威廉·戈特赖希·西吉斯蒙德·冯·奥姆施泰因（Wilhelm Gottsreich Sigismond von Ormstein）。
[3] 第三十八案《掌中倩影》，常觉、天虚我生译，载《福尔摩斯侦探案全集》第九册，今通译作《第二块血迹》。
[4] 英国外务大臣倭伯氏之夫人：即希尔达·崔洛尼·候普夫人（Lady Hilda Trelawney Hope）。
[5] 此处原刊为"三十六"，应系作者笔误。

余以其答非所问，疑其有神经病，复叩之曰："足下究竟何事来此？忽而言照片，忽而吟诗。小子殊不知将何以效力！"

客曰："实告汝，吾今乃欲谋一职业，由主聘人每月馈我百金，订十年合同，而我为其书记。大侦探思之，以我之才，亦能得如此美缺否？"

余益异其言，姑应之曰："每月百金，诚不能视为难得之缺，但当此人浮于事之秋，恐百金一月，尚属易得。十年之合同，则殊难订也。"

客曰："但今兹竟有一人，愿遵此条约以聘我。"

余曰："能如是，小子敢贺。但此中苟无异闻，如《金丝发》①及《佣书受绐》②二事者（见《全集》十四、十七两案），则订约之事，属诸律师范围，而不属侦探范围。此间室狭，不足以有屈先生也。"

客曰："此中虽无异闻，但以其事有关大侦探，故不得不冒昧奉商。盖此主聘之人非他，即大侦探是也！"

余骇曰："客误矣！否则必痫。余公馆中，既无需聘用书记，

---

① 第十四案《金丝发》，常觉、小蝶合译，载《福尔摩斯侦探案全集》第四册，今通译作《铜山毛榉案》。
② 第十七案《佣书受绐》，严独鹤译，载《福尔摩斯侦探案全集》第五册，今通译作《证券经纪人的书记员》。

而兄弟与足下，前此亦未尝谋面，君奈何忽作此语？"

客笑曰："君欲取消此议，亦甚佳，但吾为大侦探计，自以俯从余言为是。今既不愿，吾亦别矣。"言已，起立欲去。

吾以其言突兀，急拦之曰："尔姑言其所以，果事可为力，兄弟无不从命。"

客乃出一照片，曰："此则仍当归诸照片问题矣。"

余视其照片，不禁大骇，立悟前日密司李之所以邀我至公园者，其事为此，故当时有深惧光线不足一语。盖谓光线不足，则影即不能收入镜中也。

客见余呆视影片不语，即笑问曰："大侦探，此影一经宣布，内而尊阃[①]大发裙带威风，外而大侦探之声名扫地。不知于大侦探亦颇以为不便否？"

余曰："不便甚！君将何以教我？"

客曰："君能签字于此，小子即以影片奉赠；否则必送至中西各报章登之，令世人咸知福尔摩斯有侮衊人家闺女之行为。"

因出一纸，令余签约，视之聘书也。内言：

---

① 尊阃（kǔn）：对他人妻子的敬称。阃，闺门。

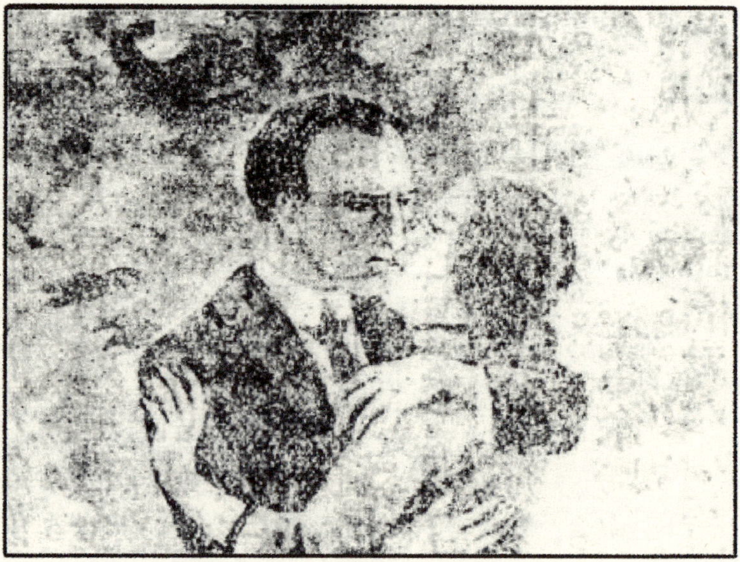

主聘者：福尔摩斯

受聘者：密司脱赵

月俸：百金

期限：十年

余不得已签之，而受其照片。

客乃欣然去，谓："自明日始，当至公馆中办事。"

客退，余入书室，将照片夹于桌上向来夹置秘密函件之簿中，然后入起居室往面吾妻。乃门帘甫揭，即见室中亦有一客在，客非他人，密司李也。

余大奇，拟发吻问其何以来此，而吾妻已含笑而前曰："歇洛克，密司李又愿至我家打字矣，汝谓善否？"

余未及答，忽一仆入曰："有客。"

余立即出室，经书室时，复匆匆自簿中取照片，置之衣袋中，然后至应接室面客。盖恐吾妻至书室时，偶于簿中得此照片，致肇勃豀①也。

客谈十数分时即去，余出袋中照片观之，则照片犹是，而片

---

① 勃豀：家人彼此争吵。

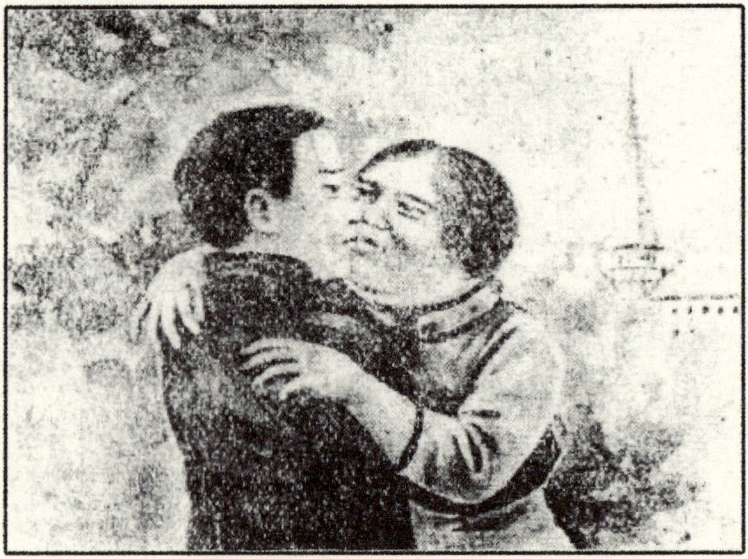

中之人已由我而变为密司脱赵，由密司李而变为吾妻。

吾乃骇极、羞极，几于发狂，立即夺门而进，欲扭吾妻而殴之。

然未及入门，吾妻已自内咆哮而出，手一照片，且骂且挥其拳。

余视其照片，则即顷间吾得自密司脱赵者也。于是吾二人面面相觑，欲骂而不能发吻，欲打而不敢出拳，停顿者可十数分时，几于无从解决。

密司李乃出为和事佬，且笑且进，曰："密司脱福尔摩斯、密昔司福尔摩斯，此不过余与彼人所设滑稽的报复举动，初无若何关系，贤伉俪可一笑置之，不必因此介介。所便宜者，余与彼人已各得枝栖，月俸百金，期限十年，而在又同在一处。承情照顾，余二人感激之至！"又出一照片，曰："今后吾与彼人既同在书室治事，此一帧并肩小影，亦可与贤伉俪之小影对悬壁间矣。"

至此，吾乃气极而笑，掷去手中之照片，曰："不图汝辈中国人，调皮至于极项，竟非余福尔摩斯能窥测其万一也。"

事后，吾先以见诱情况，告之吾妻，转诘其何以亦被密司脱赵接吻，吾妻乃言尔日吾既外出，忽有一小使言自其母家遣来者，坚请吾妻返家一行。吾妻诺，行至冷僻无警察处，忽被一少年人抱而接吻，正欲狂呼，而少年人已疾走窜去。及抵母家，始知并

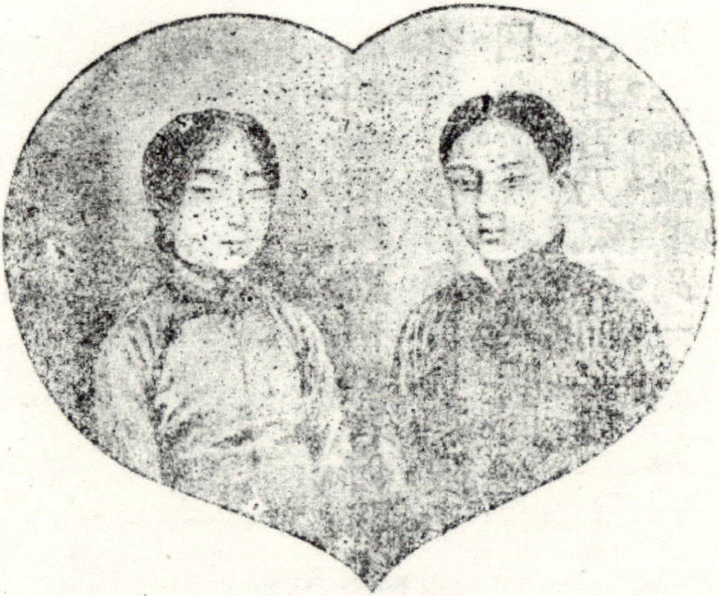

未有人来请，方谓何物小使，胆敢戏弄福太太，而不知，受此赵、李二人之愚也。

至于后来照片之交换，则系同夹一簿之中，吾匆匆外出见客，未及属目，遂误取吾妻之照片，致闹此笑话耳。

华生，此事至有趣味，君苟不惮烦，可按实书之，付诸剞劂①。吾意演丑剧者得此，必视为绝妙材料也。

顾此事虽奇，尚不如昨日之事，更为荒唐。吾今日作此书时，气闷已极，不妨和盘托出，为老友言之。

第五案

昨日之晨，余仍如昔日与君合居培克街之例，取一日中本埠发行之各种日报，令书记密司脱赵，助吾阅之，细检其有关探案者，剪下粘诸一巨册之上，以备后日查阅。

---

① 剞劂（jī jué）：雕版、刊印。

顾各报纸中,西报所记,满纸欧战消息,几无一字与吾业有关;华报则以帝制问题及滇中战耗占其大部分,其一小部分之"地方新闻",亦无非流氓拆梢①、小窃攫物,以及男女均属无耻,公堂斥退不理等语,更求诸广告,亦但有戏院及药房鼓吹营业之言,无可注意。

于是吾乃气极而叹,语密司脱赵曰:"贵国人士,何奄奄无起色乃尔?十年以还,无论政界、学界、军界、实业界,从未闻有一出人头地之人,足以惊动世界者;其为庸碌无能,姑置不论,即就作奸犯科论,并鸡鸣狗盗之属,亦未闻有一精于其技,足令吾辈稍动脑筋者。是亦深可为贵国人士羞矣。"

密司脱赵笑曰:"先生尝见窘于下走②,下走之调皮功夫,自谓堪称不恶,先生岂忘之耶?"

余无可置答,卷去其报,取事之未了者治之。

下午三点钟,邮局递来一函。余启之,见中有一笺,作草书,蜷曲如蚓,墨沈③淋漓,几于不辨字迹,一望即知作函之人,必罹非常之厄,急于求拯,于仓促中书之。书曰:

---

① 拆梢:方言,敲诈。
② 下走:自称的谦词。
③ 墨沈:墨汁。

大侦探、大侠士、救命王菩萨福尔摩斯仁兄大人鉴：

速来拯我于厄！我今落奸人之手，生命、财产，两不能自保，脱君能发其慈悲之心，拨冗来此一行者，或犹有一线之希望。

吾家虽非富有，然综计动产、不动产，为数亦在百万金之上。君苟能拯我命而保我财者，我必以财产之半为君寿。

我现在杨树浦北王家村一破庙之内，奸徒十数人，方合力逼余，且出危词恫吓，谓至今晚六时，尚不允其要求者，吾必无幸。故吾今特作哀词恳君，务于六时以前抵此，出余水火。

来时可骑一马，手牵一羊，切不可坐马车，此系余体察情势，为君筹划之妥策。君苟依此行事，必获成功，否则不特余不可救，即君亦必处于危险之中也。

受难人　涕泣谨白

余读已，鉴其情词恳挚，恻隐之心不觉油然而生。然书中不许我乘车而令我骑马牵羊，则思之再三，终不能得其所以。但彼既有是言，又言非如是必罹危险，则其中必有正当之理由，吾不妨如言行事。

此时已三点一刻，余乃略事摒挡①，至三点半，遂骑马牵羊而出。

羊项系一铃，每行一步，则铃声锵锵震耳。所以如是者，因吾平时每出探案，必坐马车，车既有人控御，吾乃得借车行之余暇，思索案情。今独自骑马而行，既恐因思索过甚而入睡，又恐羊落马后，见窃于偷儿，乃不得不用此铃，使兼有醒神、防贼之用也。

北行久之，行过杨树浦，地由繁华之市镇，一转而为乡村景色。举目一望，但见苍天如洗，作穹圆形。远远天地相接之处，村落离离，间以青葱之古树，与地上嫩草相映，一碧乃无涯涘②。

顾马路已尽，易以羊肠曲径，马行其上，颇以为苦，然至此吾乃大悟，知彼求助于我之人，所以令我骑马而不乘车者，盖恐马车至此，已不能前，非马无以代步也。

然转瞬间，余无意中偶一回顾，而马后之羊，已不知所往，手中但余一绳，然铃声仍锵锵然，随马蹄"嘚嘚"之声以俱响。

余大奇，下马视之，则羊已被窃，而铃则移系于马尾之上也。余乃大窘，自责不应疏忽若是，致丧吾羊。

---

① 摒挡：收拾料理；筹措。
② 涯涘：水的边际，引申以比喻事物的界限。

正懊丧间，有村儿三人，科头①跣足②，鼻涕长垂，自后跳跃讴歌而至，一见余，即有一儿呼曰："阿狗、阿福，速看此洋人作怪，人家悬铃于马项，此人独悬于马尾，可见洋人必从肛门中吃饭也！"

其旁一儿名阿狗者，立以手卷其口曰："金生，汝奈何不畏死，敢开罪于洋先生而称之为'洋鬼子'耶？"

阿福亦曰："狗哥之言是，吾闻嬷嬷言，本国人尽可欺，尽可侮，若得罪外国人者，死无日矣！"

金生方欲置辩，余即曰："阿狗、阿福、金生，汝等曾见吾羊否？"

阿狗曰："乡下羊甚多，汝羊上又未写字，谁能辨得孰是汝羊？"

阿福曰："吾侪来时，似见一人，手牵一羊，向南疾走，不知是否？"

余急问曰："羊何色？"

曰："白色。"

曰："是矣！阿福，尔度此牵羊之人，此时已抵何处？"

---

① 科头：不戴冠帽，裸露头髻。
② 跣（xiǎn）足：光着脚，没穿鞋袜。

阿福曰："至多不出半里。"

余即自袋中出小银币三，分予三人，曰："汝等代我守马，此马已老，不能疾走，吾自往追之，果追得吾羊者，当各加给小洋一角。"

三村儿大喜。

吾亟返奔，循原路以觅羊，直至杨树浦桥，而羊终不见。出表视之，则已四点半钟，势不能再追，只得折回。及抵下马处，则三村儿已不见，吾马又失矣。

吾恨极，顿足狂骂，冀村儿闻声，惧而返我之马，乃呼唤良久，卒无应者，不得已，徒步而前。

行百十数步，忽闻嘤嘤哭声，出自路旁。余回目视之，见路旁有一井，一少年类商店学徒者，方伏井栏而哭，声极哀惨。

余敛足问之曰："少年人，尔何事而哭？"

少年昂首视余，泪沈被面，呜咽曰："先生救余一命！"

余曰："尔命尚活，何事需救？"

少年曰："吾虽活，不救则死耳！吾为钱店学徒，今日往乡收账，综计所得，可五百余金，尽纳一皮包中。归途行至此，便急，置皮包于此井栏之上，思解裈以泄，乃置之不慎，一脱手而'扑通'一声，皮包已坠入井底。虽井不甚深，井中之水，亦不过尺许，而吾不擅入井之技，不敢捞取，故急极而哭。果此皮包终不能捞得者，吾既无面目以见店东，亦唯有投井以死耳！嗟夫！先生，尔苟能救我一命，不特吾感激殊恩，愿分百金以为君寿，即吾父吾母，以至于吾祖吾宗，亦必永永铭感也。"

余曰："可！吾为汝捞之。此时尚未及五点，去吾治正事之时可一点余钟。吾当于二十分钟之内，为汝毕此事。"因去外衣，及硬领、鞋裤之属，而以背带裤带，与吾手中所余羊绳之一段，联接之，令少年缒吾下井。

及抵井底，余方屈躬就水中扪索皮包，而少年忽以绳端系于井栏之上，攫吾衣服，大笑疾走而去。

吾心知受愚，力即缘绳而上，则少年已杳不知所之矣。

嗟夫！华生，吾向来探案亦间有失败，然终未有一点钟之内，连续失败三次如今日者。而且当兹春寒料峭之天，衣履尽失，所余但有单薄之衬衫。吾虽血热如沸，以救人利物为怀，而寒气直迫吾身，亦遂使吾有"行不得也哥哥"①之叹。然而时既促迫，去家复远，吾前，固当冒寒以行，吾归，亦宁能于俄顷间置备衣履？冒寒一也，计不如前。

意既决，遂前行里许，果抵王家村。村不甚大，但有人家

---

① 哥哥，鹧鸪的啼声。"行不得也哥哥"用以比喻路程艰难，劝人不要再前进。宋代梁栋《四禽言》诗："行不得也哥哥，湖南湖北春水多。"

三五，窭人居之。村之北隅，一破庙矗立，庙前二十步外，适有矮树一丛。

吾以此时仅五点二十分，去六点尚有四十分，而此庙中之内容何若，吾尚茫无所知，苟贸然徒手以入，万一奸徒众多，势必无幸，因隐身于此矮树丛中，以枝叶自蔽，借窥庙中情况，俟得有把握，然后着手。

俟久之，即见无赖少年五六人，自内嬉笑而出。

其一人状最秽鄙，面目最凶恶者，先破吻作狞笑曰："今日之事得手矣。限彼六点钟，苟至六点钟而犹不肯明告者，且看吾曹手段如何！"

又一人面白，短发髼鬙[1]，覆其后颈，衣皮领大衣，口噙雪茄，笑曰："老大之言是。今姑往村店中喝酒去，俟酒醉归来，再行……"

言至此，又一戴便帽、着短衣者曰："趣低声言之，独不惧隔墙有耳耶？且今留老五守俟于此，老五性戆，又好睡，弟兄们亦虑其误事否？"

老大曰："否！必不误事！试思彼既见缚，又有老五守之，讵

---

[1] 髼鬙（péng sēng）：头发散乱的样子。

能有变？"

数人且说且走，至此语声已远，不能复辨。

余于庙中情况，亦已探知一二，因立自矮树丛中趋出，竟入庙门。

门内一肥臃之人，阻吾曰："若来何事？不惧死耶？"

余知其人为老五，戆而好睡，立出巨声叱之曰："狗！若辈干得好事！今当捉将官里去矣！"

老五一闻是言，果骇而思遁，余急捉其臂，推之仆地，取庙门一，压诸其身，语之曰："汝其速睡，睡则不罪汝，不睡者，吾手枪可立贯汝胸也。"

老五果慑服不敢动，未三分钟，"呼呼"之鼾声，已出自庙门之下矣。

于是吾大喜，径入，见佛殿之前，柱上缚一人，为状至堪悯恻，见余至，熟视有顷，即曰："君为福尔摩斯先生否？"

余曰："然！君即求救于鄙人者否？"

曰："微君来，吾命尽今夕矣。君诚吾之第二天也。"

余乃释其缚使下，且问其何以见窘于此。

其人曰："此事言之甚长，非一二小时能尽。今当亟图逃命，只能述其梗概。吾姓李，所居在李家村，去此不过十里。家中薄有资产，于一乡中称素丰。自吾祖至吾，均以珠宝为业，除上海、北京、汉口三处,各设一珠宝店而外,家中所藏珠宝,亦复不资。凡最贵重之物,置之繁熟之区,易招匪徒注意者,吾必移藏家中,至有主顾时,归家取之,如是者盖已历有年所矣。三日前,余在上海肆中,忽来一英国贵妇,声言愿出现金百万,收买上海全埠中最贵重之珠宝钻石,嘱吾尽出所藏,听其自择。吾以肆中所具者,都系次品,上品咸在家中,允其次日送至彼旅邸中备选,己则立即归家,尽去数十年来精选之物,分二箱盛之,箱外笼以火油之箱,俾见者不辨其为珍珠。综计所值,其数盖在五十万金以上也。"

言至此,余恐恶徒掩至,众寡不敌,即曰:"汝可简约言之,不必如此详尽。"

其人乃曰:"吾生于贫贱,幼有劳苦。昨日之晨,吾自负两箱,行至此间,拟入内少息,而回顾后方二三十步外,乃有无赖多人,方窃窃私议,意似延涎吾箱中之物。吾乃大窘,恐一落彼辈之手,不特吾五十万金之珍宝不能自保,即吾一条小性命,亦在不能复活之列,因趋入庙中,置二箱于妥密之处,意图窜逸。而布置甫完,诸无赖已一哄而进,执吾而缚之,坚叩宝藏何所,余不答,则一面就庙中寻觅,一面出严词威迫,谓苟不明告,必置吾死地。吾游移再四,乘间作函告君,乃能遇救,然君苟迟一刻至此者,吾命殆矣!"

余曰："幸不辱命！今为时已促，唯有速遁，方可自保，尔宝物究藏何处？速往起之。"

其人曰："尔马尔羊，亦带来否？"

余曰："惜已于中途失去，今唯有一人两手矣。不知亦有需用马羊之必要否？"

曰："吾所以嘱君带马者，恐君力难任重，不能负此两箱耳。"

余曰："否！小子颇有膂力，即两箱重至百斤，吾亦能负之以行。需羊又如何？"

其人曰："华生笔记中，不尝有《蓝宝石》①及《剖腹藏珠》②二事（见《全集》第九、第三十三两案）耶？今之羊，亦即昔之鹅与拿颇仑像耳。"

余曰："吾辈不为狗盗，安所用此？"

其人曰："为审慎计，不得不尔。盖吾有一珠，为稀世之珍，值三十万。吾视之较箱中之物尤重，拟置之羊腹之中，则足下携箱逃遁时，箱即见劫，珠犹可保。此因箱中物仅值二十万金，益之以珠，始值五十万也。"

---

① 第九案《蓝宝石》，常觉、小蝶合译，载《福尔摩斯侦探案全集》第四册，今通译作《蓝宝石案》。
② 第三十三案《剖腹藏珠》，常觉、天虚我生译，载《福尔摩斯侦探案全集》第九册，今通译作《六座拿破仑半身像》。

余曰："马羊之用，仅止此耶？今无马羊，吾亦能任其事。今趣告我以宝箱之所在，且以珠授我，我愿以一生之名誉为保证，为君慎护各物，百无一失。"

其人乃至屋角瓦砾堆中，捡出一纸包，解包，出一白色巨珠授我曰："此即价值三十万者。君可含诸口中，则不幸见窘于无赖，亦必无恙。若藏诸身间，则一经搜检，珠落奸徒手矣。"

余如言，依含橄榄之式，含诸口中。

其人又言曰："吾胆甚怯，恐奸徒即来，今遁矣。宝箱在屋后溷①中，汝速往捞之，明日当至贵公馆中奉谒也。"

嗟夫！华生，吾为侦探数十年，巨细案件，所办奚止数百，而此掏溷之事，吾有生以来，实以此为破题儿②第一遭。

当吾着手掏之之时，其臭味之恶，直足令吾呕死，而吾以此案预约之酬金，有五十万之多，大利所在，不特不以为臭，且以为甚香。足下研究哲理，当知金钱一物，有改变香臭之能力，乃世界一种不可移易之社会的哲理也。

宝箱既得，余恐无赖辈踪至，立即以左右手分携之，疾走而逃。行有时，抵杨树浦桥，自念已入安境，有巡捕可资保护，始

---

① 溷（hùn）：厕所。
② 唐宋人诗赋及明清八股文的起首，用一两句话剖析题义，称为"破题"。

徐徐而行。

乃不及一里，即见巡捕二人，自余对面荷枪坌息[1]而来，见余不作一语，遽扯吾肘，捉吾领，用洋铐械吾手，拥吾至巡捕房中。

吾大愕不解，而堂上高坐之三道头[2]巡捕，复高声叱我曰："恶贼！汝胆敢攫取福公馆之宝物耶？今已被擒，知罪否？"

余曰："小子保护他人耳，何尝攫人之物？"言时，因口中含珠，声音不清。

三道头问曰："汝口中尚有何物？"

余曰："并无他物，一橄榄耳。"

三道头不疑，余乃曰："所谓福公馆者，果谁氏之公馆耶？"

三道头曰："大侦探福尔摩斯老爷之公馆耳！"

余曰："呸！汝岂不识乃翁？乃翁即福尔摩斯。"

三道头曰："观汝不着外衣，而两手各携一粪秽之箱，直外国小流氓耳！乃敢冒充福老爷耶？"

余方欲置辩，适又有一三道头，自外而入，向吾谛视有顷，即曰："密司脱歇洛克·福尔摩斯，君何以在此？"

---

[1] 坌（bèn）息：喘粗气。
[2] 旧上海租界里的外国警察头目，因制服臂章上的标志有三道横，故称为"三道头"。

余视之，老友莱斯屈莱特①之高足也，即与点首为礼。

堂上之三道头，亦遂改容相向，称吾为密司脱，且问："何以狼狈至此？"

余告以故，相与启宝箱观之，则其中悉系瓦砾。又以口中所含珠，微有苦味，取出视之，乃一广东腊丸。丸上有一细孔，黑色之液，方自孔中外流，察之，巴豆②油也。

余方气极而叫，忽觉腹中暴痛，"噗噜"一声，木樨液③既满渍裤中。

于是两三道头前曰："福先生病矣，速送之归。"遂为吾雇一车，送余归。

归后又大泄三次，始能安枕。

明日，密司脱赵来，问余曰："外出探案，成败如何？"

余气极不答，密司脱赵乃笑曰："先生何讳莫如深？昨日之事，余无不知之，且无一非吾与同学三五人为之，先生可……"

言未已，余怒而跃起曰："汝耶？汝何以侮弄老夫？"

---

① 莱斯屈莱特：即雷斯垂德（Lestrade），苏格兰场的探长。
② 巴豆：植物名。产于巴蜀，其形如豆，故名。中医药上以果实入药，性热，味辛，主治寒结便秘、腹水肿胀等。有大毒，须慎用。
③ 此处"木樨液"疑似"木樨液"之误。樨（zhī）为"稚"的异体字，而木樨（xī）则有"经过烹调的打碎的鸡蛋"之意，故"木樨液"则可理解为鸡蛋液，而从形态和颜色上看，在原文中被作者用来比喻福尔摩斯误食巴豆油后的排泄物。

密司脱赵曰:"无他,因先生昨日有抚髀①之叹,谓吾国无出人头地之人,小子不学,颇愿以'调皮大王'自居,为吾国人士一雪此耻也。"

余气稍平,不禁失笑曰:"善哉!布置何完密乃尔?且盗羊之人可为也,偷马小儿可为也,井边痛哭之学徒可为也,流氓可为也,阿憨老五可为也,庙中被缚之密司脱李可为也。独巡捕何以能受汝命,则吾不能索解其故。"

密司脱赵曰:"布置何尝完密?特君自梦梦,心切于五十万之酬金,而转令探索事理之能力,消绝尽净耳。试思人既被缚,焉能作书报君?老五纵愚,见汝排闼②直入,亦岂肯缄默勿动?且密司脱李身携五十万金之资财,而只身独行,亦岂事理所应有?至于巡捕捕汝,不过打一电话之能力,假冒称福公馆之名义,示以足下之形态,令捕房中派急捕捕之,初未有若何之魔术也。"

余聆至此,乃不禁长叹,谓金钱之力,洵足抹杀一切事理,汩没③一切性灵也。

华生老友,尔其为我记之,用志吾过。吾虽失败,犹甚愿世

---

① 抚髀:用手拍大腿。表示振奋或感叹。
② 排闼:推门。
③ 汩(gǔ)没:埋没。

人尽知我老福为一老实君子，不愿自文其过也。

歇洛克·福尔摩斯　顿首

附录

《福尔摩斯侦探案全集》跋[①]

  丙辰之春,同人合译《福尔摩斯侦探案全集》既竟,以校雠[②]之事属余。余因得尽取前后四十四案细读一过,略志所见如左。

  天下事,顺而言之,有始必有终,有因必有果;逆而言之,则有终必有始,有果必有因。即始以推终,即因以求果,此略具思想者类能之。若欲反其道而行,则其事即属于侦探范围。

  是以侦探之为事,非如射覆[③]之茫无把握,实有一定之轨辙可寻。惟轨辙有隐有显,有正有反,有似是而非,有似非而是,有近在案内,有远在案外。有轨辙甚繁,而其发端极简;有轨辙甚简,而发端极繁。千变万化,各极其妙。

[①] 本文刊于《福尔摩斯侦探案全集》第十二册。
[②] 校雠(chóu):校对书籍,以正误谬。
[③] 射覆:原为一种猜物游戏,将物品藏在碗盆下,让人猜想,也用来占卜。

189

从事侦探者,既不能如法学家之死认刻板文书,更不能如算学家之专据公式,则唯有以脑力为先锋,以经验为后盾,神而明之,贯而彻之,始能奏厥肤功。

　　彼柯南·道尔抱启发民智之宏愿,欲使侦探界上大放光明,而所著之书,乃不为侦探教科书,而为侦探小说者,即因天下无论何种学问,多有一定系统,虽学理高深至于极顶,亦唯一部详尽的教科书足以了之。独至侦探事业,则其定也,如山岳之不移;其变也,如风云之莫测;其大也,足比四宇之辽夐①;其细也,足穿秋毫而过。夫以如是不可捉摸之奇怪事业,而欲强编之为教科书,曰侦探之定义如何,侦探之法则如何,其势必有所不能。势有不能,而此种书籍,又为社会与世界之所必需,决不可以"不能"二字了之,则唯有改变其法,化死为活,以至精微至玄妙之学理,托诸小说家言,俾心有所得,即笔而出之,于是乎美具难并,启发民智之宏愿,乃得大伸。此是柯南·道尔最初宗旨之所在,不得不首先提出,以为读者告也。

　　柯氏此书,虽非正式的教科书,实隐隐有教科书的编法。其写福尔摩斯,一模范的侦探也;写华生,一模范的侦探助理也。

　　《血书》②一案中,尽举福尔摩斯学识上之盈缺以告人:言其无文

---

① 辽夐(xiòng):辽阔宽广。
② 第一案《血书》,周瘦鹃译,载《福尔摩斯侦探案全集》第一册,今通译作《血字的研究》。

学、哲学及天文学之知识，即言凡为侦探者，不必有此种知识也；言其弱于政治上之知识，即言凡为侦探者，对于政治上之知识，可弱而不可尽无也；言其于植物学则精于辨别各种毒性之植物，于地质学则精于辨别各种泥土之颜色，于化学则精邃，于解剖学则缜密，于记载罪恶之学则博赅，于本国法律则纯熟，即言凡此种种知识，无一非为侦探者所可或缺也；言其为舞棒、弄拳、使剑之专家，即言凡为侦探者，于知识之外，不得不有体力以自卫也；言其善奏四弦琴，则导为侦探者以正当之娱乐，不任其以余暇委之于酒食之征逐，或他种之淫乐也。

此十一种知识，柯南·道尔必述于第一案中，且必述于福尔摩斯与华生相识之始，尚未协力探案之前者，何哉？亦正如教科书之有界说①，开宗明义，便以侦探之真面目示人，庶读者得恍然于侦探之事业，乃集合种种科学而成之一种混合科学，决非贩夫走卒、市井流氓，所得妄假其名义，以为啖饭之地者也。

一案既出，侦探其事者，第一步工夫②是一个"索"字，第二步工夫是一个"剔"字，第三步工夫即是一个"结"字。

何谓"索"？即案发之后，无论其表面呈若何之现象，里面有若何之假设，事前有若何之表示，事后有若何之行动，无论巨细，无论隐

---

① 界说："定义"的旧称。
② 工夫：工作。

显，均当搜索靡遗，一一储之脑海，以为进行之资。若或见其巨而遗其细，知其显而忽其隐，则万一全案之真相，不在其巨者显者而在其细者隐者，不其偾事也耶？而且案情顷刻万变，已呈之迹象，又易于消灭，苟不于着手侦探之始，精心极意以求之，则正如西谚所谓"机会如鸟，一去不来"。既去而不来矣，案情尚有水落石出之一日耶？故书中于每案开场，辄言他人之所不留意者，福尔摩斯独硁硁①然注意之；他人之所未及见者，福尔摩斯独能见之。此无他，不过写一个"索"字，示人以不可粗忽而已。

何谓"剔"？即根据搜索所得，使侦探范围缩小之谓。譬如一案既出，所得之疑点有十，此十疑点中，若一一信为确实，则案情必陷于迷离恍惚之途，使从事侦探者疲于奔命，而其真相仍不可得。故当此之时，当运其心灵，合全盘而统计之，综前后而贯彻之，去其不近理者，就其近理者，庶乎糟粕见汰，而精华独留，于以收事半功倍之效。故书中于"凡事去其不近理者则近理者自见"及"缩小侦探范围"二语，不惮再三言之者，亦以此二语为探案之骨子。人无骨则不立；探案无骨，则决不能成事。而此二语简要言之，唯有一个"剔"字而已。

至于最后一个"结"字，则初无高深之理想足言。凡能于"索"

---

① 硁（kēng）硁：理直气壮、从容不迫的样子。

字用得功夫,于"剔"字见得真切者,殆无不能之。然而苟非布置周密,备卫严而手眼快,则凶徒险诈,九仞一篑,不可不慎也。

或问福尔摩斯何以能成其为福尔摩斯?余曰:以其有道德故,以其不爱名不爱钱故。如其无道德,则培克街必为挟嫌诬陷之罪薮;如其爱名爱钱,则争功争利之念,时时回旋于方寸①之中,尚何暇抒其脑筋以为社会尽力,又何能受社会之信任?故以福尔摩斯之人格,使为侦探,名探也;使为吏,良吏也;使为士,端士也。不具此种人格,万事均不能为也。柯南·道尔于福尔摩斯则揄扬之,于莱斯屈莱特之流则痛掊②之,其提倡道德与人格之功,自不可没。吾人读是书者,见"福尔摩斯"四字,无不立起景仰之心,而一念及吾国之侦探,殊令人惊骇惶汗,盖求其与莱斯屈莱特相类者,尚不可得也。柯氏苟闻其事,不知亦能挥其如椽之笔,为吾人一痛掊之否?

全书四十四案中,结构最佳者,首推《罪薮》③一案;情节最奇者,首推《獒祟》④一案;思想最高者,首推《红发会》⑤《佣书受绐》《蓝

---

① 方寸:指人的内心。
② 掊(pǒu):抨击。
③ 第四十四案《罪薮》,程小青译,载《福尔摩斯侦探案全集》第十二册,今通译作《恐怖谷》。
④ 第三十九案《獒祟》,陈霆锐译,载《福尔摩斯侦探案全集》第十册,今通译作《巴斯克维尔的猎犬》。
⑤ 第四案《红发会》,常觉、小蝶合译,载《福尔摩斯侦探案全集》第三册。

宝石》《剖腹藏珠》四案；其余《血书》《弑父案》[①]《翡翠冠》[②]《希腊舌人》[③]《海军密约》[④]《壁上奇书》[⑤]《情天决死》[⑥]《窃图案》[⑦]诸案，亦不失为侦探小说中之杰作。惟《怪新郎》[⑧]一案，似属太嫌牵强，以比较的言之，不得不视为诸案中之下乘。而《丐者许彭》[⑨]一案，虽属游戏笔墨，不近情理，实有无限感慨、无限牢骚蓄乎其中。盖柯南·道尔一生，自学生时代以至于今日，咸恃秃笔以为活，虽近来文名鼎盛，文价极高，又由英政府锡以勋位，有年金以为事蓄之资，于生计问题，不复如前此之拮据，而回思昔年为人佣书，以四千字易一先令之时，亦不禁为之长叹。故特撰是篇，以为普天下卖文为活之人，放声一哭，且

[①] 第六案《弑父案》，常觉、小蝶合译，载《福尔摩斯侦探案全集》第三册，今通译作《博斯科姆比溪谷秘案》。
[②] 第十三案《翡翠冠》，常觉、小蝶合译，载《福尔摩斯侦探案全集》第四册，今通译作《绿玉皇冠案》。
[③] 第二十三案《希腊舌人》，程小青译，载《福尔摩斯侦探案全集》第七册，今通译作《希腊议员》。
[④] 第二十四案《海军密约》，程小青译，载《福尔摩斯侦探案全集》第七册，今通译作《海军协定》。
[⑤] 第二十八案《壁上奇书》，常觉、天虚我生译，载《福尔摩斯侦探案全集》第八册，今通译作《跳舞的人》。
[⑥] 第三十七案《情天决死》，常觉、天虚我生译，载《福尔摩斯侦探案全集》第九册，今通译作《格兰其庄园》。
[⑦] 第四十三案《窃图案》，陈霆锐译，载《福尔摩斯侦探案全集》第十一册，今通译作《布鲁斯-帕廷顿计划》。
[⑧] 第五案《怪新郎》，常觉、小蝶合译，载《福尔摩斯侦探案全集》第三册，今通译作《身份案》。
[⑨] 第八案《丐者许彭》，常觉、小蝶合译，载《福尔摩斯侦探案全集》第三册，今通译作《歪唇男人》。

欲使普天下人咸知笔墨生涯，远不逮乞食生涯之心安意适也。

以文学言，此书亦不失为二十世纪纪事文中唯一之杰构。凡大部纪事之文，其难处有二：一曰难在其同；一曰难在其不同。

全书四十四案，撰述时期，前后亘二十年，而书中重要人物之言语态度，前后如出一辙，绝无丝毫牵强，绝无丝毫混杂。如福尔摩斯之言，以之移诸华生口中，神气便即不合；以之移诸莱斯屈莱特口中，愈觉不合。反之，华生之言，不能移诸福尔摩斯与莱斯屈莱特；莱斯屈莱特之言，亦不能移诸福尔摩斯与华生。唯其如是，各人之真相乃能毕现，读者乃觉天地间果有此数人，一见其书，即觉此数人栩栩欲活，呼之欲出矣。此即所谓难在其同也。

其不同者，则全书所见人物，数以百计，然而大别之，不过三类：有所苦痛，登门求教者一类也；大憝巨恶，与福尔摩斯对抗者又一类也；其余则车夫、阍者、行人之属，相接而不相系者又为一类。此三类之人，虽有男女老少、贵贱善恶之别，而欲一一为其写照，使言语举动，一一适合其分际，而无重复之病，亦属不易。且以章法言，《蓝宝石》与《剖腹藏珠》，情节相若也，而结构不同；《红发会》与《佣书受绐》，情节亦相若也，而结构又不同。此外如《佛国宝》之类，于破案后追溯十数年以前之事者凡三数见，而情景各自不同。又如《红圆会》①之类，与秘密会党有关系之案，前后十数见，而情景亦各自不同。此种穿插变化之本领，实非他人所能及。

侦探固难，作侦探小说亦大不易易。以比较的言之，侦探之事业，应变在于俄顷之间，较之作小说者静坐以思，其难不啻百倍。然精擅小说如柯南·道尔，所撰亦尚有不能尽符事理处，是以知坐而言者未必即能起而行。余前此曾发微愿，欲一一校正之，以见闻极少，学力复弱，惭而中止。然反观吾国之起而行者又何如？城坚社固，爪利牙长，社会有此，但能付之一叹而已。因校阅竣事，谨附数语于后。

民国五年五月十二日　半侬识

---

① 第四十一案《红圆会》，渔火译，载《福尔摩斯侦探案全集》第十一册，今通译作《红圈会》。

刘半农侦探小说初刊一览

《假发》，1913年8月刊于《小说月报》第四卷第四号，署名：半侬

《匕首》，1913年夏作，1914年3月刊于《中华小说界》第一卷第三期，署名：半

《淡娥》，1915年11—12月连载于《中华小说界》第二卷第十一期至第十二期，署名：半侬

《福尔摩斯大失败》（第一案至第三案），1915年2月刊于《中华小说界》第二卷第二期，署名：半侬，标"滑稽小说"

《福尔摩斯大失败》（第四案），1916年4月刊于《中华小说界》第三卷第四期，署名：半侬，标"滑稽小说"

《福尔摩斯大失败》（第五案），1916年5月刊于《中华小说界》第三卷第五期，署名：半侬，标"滑稽小说"

编后记

人生第一次与刘半农（1891—1934）先生邂逅，大概是在我的高中时代。

那时，我对现代诗颇感兴趣，课余时间找了不少现代作家所写的新诗来读，其中就包括刘半农那首著名的白话诗《教我如何不想她》。

后来又听说这个"她"字竟然是刘半农"造"出来的，更是让我大吃一惊。

直到现在我才知道，其实在中国古代早已有"她"这个字，只不过是个生僻字，发音读作 jiě，义同"姐"，而且在古代汉语中，不分人与物，也不分阴与阳，第三人称代词一律用"他"。但在现代汉语中，刘半农则提倡用"她"字指代第三人称女性，发音读作 tā，并专门发表了《"她"字问题》（1920 年 6 月 6 日作）来明确阐述其观点。所以更严谨的说法或许是：作为第三人称单数代词的"她"字（音、形、义的统一体）才是刘半农创造和发明的。

没想到时隔多年，我和半农先生的再次相遇，却是因为"侦探小说"。

　　几年前，我广为搜罗各种有关民国侦探小说的研究资料，读到了民国通俗小说研究大家魏绍昌（1922—2000）先生的代表作《我看鸳鸯蝴蝶派》（上海书店出版社，2015年10月）。书中《质变的典型》一章，提及了张天翼（张无诤）和刘半农（半侬）在文学生涯早期的通俗小说创作，我这才知道他二人还曾创作过侦探小说。

　　相比于张天翼，刘半农的侦探小说数量就有点少了，此次整理的《刘半农侦探小说集》主要收录了刘半农以"半侬""半"为笔名创作的白话短篇侦探小说《假发》、"捕快老王"系列文言短篇侦探小说《匕首》《淡娥》，以及"福尔摩斯探案"仿作《福尔摩斯大失败》（共五案）。

　　其中，《假发》是刘半农唯一一篇用白话创作的侦探小说，以"我"为视角讲述了一起发生在新剧社里的"假发"被窃案。一般认为，《假发》中所述内容即是刘半农的亲身经历，但我始终对这点存疑。以我个人所见，目前尚未见到明确支持该说辞的文献记录，故无法判断其是否属实。

　　我只能说，刘半农之所以会写《假发》，很可能与他早年在新剧社的经历有关。

　　根据《刘半农大事年表》（刘小蕙《父亲刘半农》附录二，上海人民出版社，2000年9月）记载：1911年10月，武昌起义爆发后，刘半农不顾家人的反对，投身革命，到苏北清江从军，担任文牍翻译。

1912年2月，清帝溥仪宣布退位后不久，因对军队内部混乱情况不满，刘半农离开清江，返回江阴老家。2至3月间，他又与弟弟刘天华同往上海，应友人之邀在新剧团体开明剧社担任编剧。

民国滑稽小说大师徐卓呆（徐半梅）在《话剧创始期回忆录》（中国戏剧出版社，1957年7月）第二十六章《顽童刘半农》中，曾谈及二人的结识过程，也提到了刘半农早年在新剧社的经历：

> 开明社假座大新街中华大戏院开演（即亦舞台原址，在汉口路转角，现在是惠中旅舍）。上演的一天，我也到后台去观光。其时他们在开幕之前，各人正忙着扮戏。李君磐便领了一个十七八岁的大孩子，到我面前说："这一个顽童。请你给他化一化装吧！"我便接受下来，给他画了一副顽皮面孔。我打听他姓什么，他说："姓刘，江阴人。"
>
> 过了一个月，我在时事新报馆，接到一封信，就是那个姓刘的江阴人写给我的。他见我在时事新报上译过一篇托尔斯泰的小说，他要打听我根据的原本是否英文？他信上的署名叫刘半侬。我便告诉他："我是从日本文译的。"又过了几天，刘半侬寄了两篇译的小说稿给我，托我在什么地方发表。我把一篇登在时事新报，一篇给他介绍到中华书局的《小说界》杂志去。
>
> 从此，他常有小说托我代为介绍。后来中华书局扩充编辑部，

我辞去了时事新报而入中华编辑部，同时也把刘半侬介绍了进去。我们相处有好几年，直到中华编辑部紧缩，大家才分手。刘半农就上北方去了。其时他才改名刘半农。人家只晓得他是个文人，不晓得他也曾搞过话剧。

所以，我个人目前只倾向于把《假发》看作是一篇根据真实经历加工改编过的带有自传体性质的小说，可能由于正巧涉及一宗盗窃案，于是便顺理成章地成了一篇侦探小说，然而其中真实成分几何，哪些情节又是作者的精心杜撰，目前尚不得而知。

但不少有关刘半农的传记，都言之凿凿地把此事完全认定为刘半农的亲身经历，并在传记中直接把小说情节复述一遍，以小说内容去还原他当时在开明社的生活，我以为这是不大严谨和妥当的。

而且，在不同的传记中，盗窃假发的主谋"方某"和同谋"金某"的名字也各不相同：赵沛《刘半农传》（江苏文艺出版社，2001年2月）中叫"方嘉水"和"金宝堂"；朱洪《刘半农传》（东方出版社，2007年3月）则沿用小说中的称呼，也作"方某""金某"；到了胡美凤《流风：刘半农、刘天华、刘北茂三兄弟的家国情怀》（中国青年出版社，2019年7月）中又变成了"方玉才"和"金阿宝"，也不知到底孰是孰非。

如果以侦探小说的眼光来看，《假发》其实在寻找主谋的过程中有些过于巧合了，但有意思的地方是，被诬陷为贼的"我"，不但需要找出主谋，而且要让他在众目睽睽之下人赃并获。这样一来，"我"如何与主谋斗智周旋，便成了小说后半部分的一个看点，读来颇有些趣味。

而在刘半农为数不多的侦探小说中，能展现清末民初时期中国侦探小说特点的，还要属"捕快老王"系列。作为从古典公案小说向现代侦探小说过渡的中间产物，它兼具了"公案"和"侦探"的双重要素。

小说中担任侦探角色的老王虽然是衙门里的"捕快"，但办案时却特别注重证据的收集和现场的勘验，而不是想当然地拍脑袋断案。与之形成鲜明对比的则是老王的笨徒弟，也即公案小说中常见的旧式公人的代表，只靠怀疑，不问证据，甚至还要使疑犯屈打成招。

在勘验现场时，老王对"足迹"等痕迹学方面的内容格外关注，会运用逻辑推演来还原案发现场的情境。这一点充分体现了侦探小说的"现代性"，也说明"捕快老王"系列确实可以划归到"侦探小说"范围之内。

除以上提到的侦探小说之外，《福尔摩斯大失败》在发表时虽然标注的是"滑稽小说"，但因其在近现代"滑稽侦探"类型小说的谱系中占有一席之地，所以也有必要整理出来。

晚清末期，以"福尔摩斯探案"为代表的一些欧美侦探小说被译介到中国。汉译作品激发了当时作家的创作热情，一些以讽刺福尔摩斯在华办案窘境为题材的仿作（同人小说）便以"滑稽小说"的形式率先登场了。

1904年12月18日，陈景韩（1878—1965）于《时报》发表"福尔摩斯探案"仿作《歇洛克来游上海第一案》（署名"冷血戏作"），堪称中国近现代"滑稽侦探"小说之肇始。

1905年2月13日，包天笑（1876—1973）又于《时报》发表《歇洛克初到上海第二案》，接续冷血之作。之后陈、包二人便以接力的方式，分别创作了《吗啡案》（歇洛克来华第三案）和《藏枪案》（歇洛克来华第四案），均刊于《时报》。

接着，煮梦生（1887—1914）《滑稽侦探》（改良小说社，1911年）、刘半农《福尔摩斯大失败》、陈小蝶（1897—1989）《福尔摩斯之失败》（1915年4月10日刊于《礼拜六》第四十五期）等同类小说相继问世……大名鼎鼎的神探福尔摩斯来到中国，人生地不熟，处处碰壁，办案也接连失败，于是便上演了一出出滑稽可笑的戏码。

清末民初众多作家执笔的这一系列"囧探歇洛克"的失败故事，通过异国背景的大侦探福尔摩斯的独特视角，为读者展现了清末民初中国社会的种种弊病，也希望借此可以针砭时弊，唤醒民众。

其实，刘半农尚写过一篇题为《女侦探》（署名半侬）的文言短篇小说，1917年1月刊于《小说海》第三卷第一号，一些研究者只看到题目中有"侦探"二字就将其算作侦探小说，不免有些望文生义了。

小说中并没有什么案件发生,实际上写的是一个苦命女子在不幸沦落风尘之后,被政府收买为密探,跟踪一位年轻有为的革命党人,后来二人情投意合,遂决定携手同游东瀛,共筑爱巢,以期学成归国,再行其志,倒是可以看作盛行于20世纪20年代末30年代初的"革命加恋爱"模式小说之先声。

刘半农在创作侦探小说的同时,也翻译了不少侦探小说,如与程小青(1893—1976)、周瘦鹃(1895—1968)、严独鹤(1889—1968)等人合译《福尔摩斯侦探案全集》(中华书局,1916年5月初版)时,就负责翻译了第二案《佛国宝》(今译《四签名》),而且还为整个"全集"撰写了一篇"跋",指出侦探小说具有一定科学启蒙的作用。这一想法,与晚清以降将小说视为"开启民智"的工具的思想不无关系。不过到后来,刘半农却又视侦探小说为"消极小说"。

1918年1月18日,刘半农出席北京大学文科研究所小说科第三次研究会,并在会上作了题为《通俗小说之积极教训与消极教训》的演讲,该讲稿后来刊于《太平洋》第一卷第十号。

演讲题目中的"消极教训",是指"纪述恶事,描摹恶人,使世人生痛恨心,革除心",刘半农觉得这也合乎"有则改之,无则加勉"的道理。这时,他在"消极小说"的种种流弊中提及侦探小说,是因为侦探小说中常涉及到犯罪事件和犯罪手法的描写,作奸犯科之人在阅读之后难免不会起模仿之心:

侦探小说的用意，自要促进警界的侦探知识；就本义说，这等著作家的思想，虽然陋到极处，却未能算得坏了良心；无如侦探小说要做得好，必须探法神奇；要探法神奇，必须先想出个奇妙的犯罪方法；这种奇妙的犯罪方法一批露，作奸犯科的凶徒们，便多了个"义务顾问"；而警界的侦探知识却断断不会从书中的奇妙探法上，得到什么进步；——因为犯罪是由明入暗，方法巧妙了，随处可以借用；探案是由暗求明，甲处的妙法，用在乙处，决不能针锋相对；——从前有位朋友向我说："上海的暗杀案，愈出愈奇，都是外国侦探小说输入中国以后的影响。"我当时颇不以此言为然，现在想想，却不无一二分是处。

正因如此，刘半农才提倡作通俗小说时要多用"积极教训"——"纪述善事，描摹善人，使世人生羡慕心，模仿心"。

"五四"之前的刘半农，在通俗小说创作和翻译的实践中，逐渐意识到：无论通俗小说、下等小说，还是民间文学，都有可供学习和借鉴的地方，只要能充分利用其"积极教训"的方面，对于新文学的发展同样具有积极的意义和作用。

华斯比

2020年12月21日于吉林铭古轩